# ミニバス

mini basketball

ねえ、
ちゃんと見てる

「ごめん、かんにんやで」

突然逝ってしまった命
大事故で助かった命
命ってなんだろう
私なら最後に何を伝えられるだろう

# ミニバス

ミニバス

［目次］

# いつもの朝

「アキラ！　早くご飯食べなさい。いつになったら用意できんの！　お風呂上がったらすぐ明日の用意しなさいってお母さん言うたよね。アキラ！　聞いてんの」

　妻が様子のわからない子ども部屋に向かって声を張り上げている。

「マイ、いつまで食べてんの。早う食べてしもてよ。制服のネクタイがゆがんでる。名札もついてへん！　足を組んだままでご飯食べんといて！」

「お父さん！　新聞読んでないでちゃんと注意してよ！」

　妻は大きな業務用かと思える正方形の卵焼き器の上で、ウインナーと獅子唐を盤面の半分で調理し、あとの半分で形を整えながら卵焼きを作っている。卵焼きを作り終えると皿に取り、続けてウインナーを取り出し、残った獅子唐に醤油を加えて味つけする。

「お弁当を短時間で調理する私流。卵焼き器はフライパンよりちいそうて扱い易いねん」

これらは生活の知恵というか母の力のなせる業かな、と感心させられる。そういえば妻は、学生時代の時間がゆっくりと流れていた生活を経て、就職後は仕事に追われながら資格取得や趣味を楽しむために、時間を切り詰めながらスケジュールを調節していた。

「自分の時間が好きなように使えなくなって、あれもしたい、これもしたいと思っても自由にできる時間がない。せやけど、やりきるための優先順位を考えたら工夫次第で時間は作れるし、切り捨てるもんを見つけられたらなんでもできるようになると思う」

と、言っていたのを思い出した。

中学二年生の娘マイの弁当はいつも緑・赤・黄色に囲まれて、すき間にはミニトマトが埋められて、みかん、りんご、プリン、ゼリーなどデザートが必ず添えてある。

マイが小学四年生になってミニバスを始めた時、妻に言われた。

「ちょっとお願いがあんねん！」

「何？」

「お父さんは帰ってくるのがいつも夜遅いし、土曜日や日曜日も仕事で会社行ったりすることあるやん。朝早う起きてくれたら、家族みんなでご飯食べられるやん。せやから、朝早う起きてみんなでご飯食べよ」

子どもたちと過ごす時間を少しでも持てるようにと、妻からの提案だった。朝の慌ただしい時間の中で、落ち着いて話ができることはないのだが、なにげなく交わす一言だけでも、分かり合えるような安心感がある。睡眠を少し削ってでも、家族の共有時間は作るものだと思う。

妻の気持ちはよく理解できる。家族の気持ちがバラバラにならないように、繋ぎ止めようとしてくれているその心配りには、口には出さないが感謝している。

テーブルの作り立ての弁当を見ていると、私は中学時代を思い出していた。

私の特大の弁当箱には、三分の二は力任せに詰め込んだご飯がぎっちり入っていた。残りの空間には昨日のおかず、例えば、関東焚き（おでん）なら、ちくわ、ごぼ天、厚揚げ、こんにゃくが入っていたり、サバの塩焼きの背としっぽの部分が仲良く並んでいたり、みりん干しが弁当箱一面に敷かれていたこともある。基本的には茶色一色の弁当であった。ある時などは、時間がなかったのであろうか、ぎっしり詰まったご飯の真ん中に、梅干一つあるだけの日の丸弁当に、チキンラーメンが添えられていたこともあった。用務員室に行ってお湯を貰い弁当箱の蓋を器にして作って食べたが、この日の弁当は友だちからずいぶん羨ましがられたが、私は少し恥ずかしかった。友だちが食べているウインナーや卵焼きが品良く並んでいる弁当を食べたいと思っていた。いかにも母親の手作りらしい、細々とした見た目もきれいな弁当が羨ましかった。というのも、私の弁当は父親が作っていた。

　私の父は板前の経験があったために、我が家の朝夕のご飯は父が作っていた。時には、弁当のおかずに文句を言うこともあったが、基本的にはボリューム重視のどか弁、それはそれで仕方ないと諦めていた。また、小学校から中学校までの遠足の弁当は巻きずし二本が定番であった。父親が板場修業時代の兄弟子と慕うお店に、無理を言って朝一番にわざわざ作って貰い持ち帰ってきてくれるのだが、それよりもみんなが持ってくる弁当すべてが豪華に見えた。


　そんなことを思い出している間に、テーブルの上には出来上がったばかりの弁当が、熱を取るために蓋をしないで並べられていた。弁当用のおかずとして朝に作られて、調理されたものが冷えるまでテーブルに置かれたものを見ると、学校でもこうして弁当の蓋を開けっぴろげたまま、楽しそうに友だちと屈託なく話しながら食べているマイの姿が容易に想像できる。

　妻は詰め終えた弁当の蓋をせずに、子ども部屋のほうに行き少しの間が空いて、

「いつまでパジャマなん？　パジャマで学校行くん？　早くランドセルに教科書を入れなさい。これは何、なんで今頃こんなんが出てくんの」

と、少しヒステリックになった声が、周りを押さえつけるような力強さを持って聞こえてくる。隣に座っているマイと目が合い、

「なんやろ？　なんかあったんかな？」

というような視線を交わした。妻がテーブルに戻ってきて、

「これ見てよ！」

と、手に持っていた給食のエプロンを突き出し、部屋から出てきた息子アキラに向かって、

「今日の給食当番の人はどうすんの、これがなかったら何もできへんやん。お母さんが見つけへんかったらどないするつもりやったん？」

母親に圧倒されてか俯いたままで立ち尽くすアキラに向かって、

「早うご飯食べ、朝練に遅れるから、早くしなさい！」

「あっ」と思った。やっぱり「早くしなさい」か。母親が子どもたち相手に一番よく使う言葉。

「そんな甘いことばっかり言わんといて、こんな時はお父さんもちゃんと叱ってよ」

テーブルのおにぎりに手を伸ばしてようやく朝ご飯を食べる息子。

飲み物は、牛乳か果汁百パーセント表記のジュースとみそ汁かインスタントのスープ。個別に分けられた皿にはいつもの卵焼きがあり、ピーマン、ほうれん草の緑色のもの、ミニトマトの赤い色が添えてある。それにウインナー、ハム、ベーコンまたは昨日の夕飯時、

別に小分けされた主菜が二度目の登場となる。毎朝の食事に添えられている卵焼きは、一人一日一個を目安にしているようだ。毎日なので飽きないようにいろんな工夫がされている。サラダ油とバターを使い分け、卵焼き、スクランブルエッグ、またはゆで卵に調理される。家族の中で食が進むのは、大きな卵焼き器でお好み焼きのように何かの具材を入れて作る卵焼きである。食材にはチーズ、ちりめんじゃこ、シーチキン、ほうれん草、ねぎなどが使われる。しかし、この料理には時々卵の殻が混じっている。

「お母さん、卵の殻が入ってるやんか」

と、文句を言ったり嫌な顔もしないで、子どもたちはこれを見つけると、

「このお皿は当たりや！」

と、卵の殻が入っていたことが幸運であったかのように話し合っている。

朝食のご飯はいつも「おにぎり」である。胡麻をいっぱい敷き詰めた皿にのせられたおにぎりに、白いご飯の面に胡麻を付け足しながら海苔を巻いて食べる。子どもたちの慌ただしい朝の時間を少しでも助けようとしているようにも思える。毎朝、妻が電子ジャーから直接おにぎりを作るのを見て「熱くないんか？」といつも思っている。

アキラがおにぎりを頬張りながら食べている横で、

「仕分けの山本ですが、子どもが熱を出しましたので今日は休みます」

「五年一組の山本ですが、担任の先生いらっしゃいますでしょうか？　あっ、先生ですか！　給食のエプロンをお昼までに届けますので、よろしくお願いします」

と、妻が矢継ぎ早に職場と学校に連絡を入れて洗濯を始めた。慌ただしい朝のドタバタも子どもたちが出かけると、食卓の周りに話し声がない静けさが漂い、テレビのニュース番組の音だけが聞こえ、妻と私は話をすることもなく黙々と自分たちの時間を費やしている。

朝ご飯を食べ終えて家を出る。

「微かな潮の香りが鼻孔をくすぐるような海の近くで暮らしたい」それが若い頃の私の夢だった。そんな夢の一部を実現させた潮の香りはしないが、明石大橋が目に入る海辺の街で暮らしている。

私たちが住んでいる大阪南港の埋め立て地には、約一万の世帯が暮らしている。この巨大な海辺の街は、「太陽の町」「花の町」「緑の町」そして、我が家がある「海の町」と四つの区画に分かれており、街ごとに四つの小学校と、二つの街の小学校二校が統合された中学校が二校ある。

それぞれの街には手作りのような森や大きな公園がある。駅まで五分の道のりの中、わずか二〜三分間だけどこの森の小道を通り抜けるようにしている。全体が中央に向かって少し小高くなっており、四方八方どこからでも道が通り抜けられるようになっている。私が利用する通り道の入り口にイチジクの木がある。子どもの頃には畑や田圃の畦道にあり、遊んでいる時によく食べていた。イチジクの木を通り過ぎると、道より少し高くなったところに五メートル四方の藤棚が作られてあり、テーブルのようなものもある。朝の通勤時間には、この藤棚にスポットが当たっているように日が射し込み、まるで「光のテラス」のようになっているのである。この景色を見るためにこの道を選んで歩いている。

しかし、月曜日だけは中学校の運動場に沿って、駅まで続くポプラ並木の道を歩くことにしている。というのも、月曜日の朝は娘のマイが通う中学校の全体朝礼が行われるからである。全体朝礼ではスポーツやコンクールの入賞者が発表されて、表彰状などが校長先生から授与されるのである。

この日も運動場のネットに沿って歩いていると、校長先生の声が聞こえてきた。

「表彰状、一位、マイ殿、あなたは府の中学校陸上選手権大会において……」

運動場のスピーカーから聞こえてくる声に思わず立ち止まり、ネットのこちら側から遠くで賞状を受け取る娘の様子を、目を凝らして見た。マイが賞状を受け取り頭を下げると、全校生徒から一斉に拍手が沸き起こった。

小学校の初めての運動会。両手を左右に大きく振り、顔は空を向いてどこへ走っていくんだろうと思えるような走り方で、先頭を走っていた子が表彰状を受け取っている。

よくがんばったという誇らしげな気持ちと同時に、若干の苦い思いが湧き上がってくる。

マイが出場したのは、大阪府の中学校陸上競技の三種競技Aという種目であった。この競技は「走り高跳び」「百メートル競走」「砲丸投げ」の三種目の記録をそれぞれ得点として換算し、指定大会で二八〇〇点を獲得すれば、全国中学校競技大会に出場できる資格を得ることができる。

ところが、マイの総得点は二七七八点、全国大会に出場するためにはわずか二二点だけ足りなかったのである。府の大会で一位でなくても、二八〇〇点を獲得していれば全国大会に出場できていたのである。

昨晩、マイとその話をしていた時、

「私はまだ二年生やし、来年、またがんばるわ！」

と、明るく言ってのけた。しかし、内心ではどれほど悔しかったことであろうか。

父としては、忸怩たる思いである。走り高跳びで、あと二～三センチ高く飛んでいたら、百メートル競走で、あと〇・二～三秒速ければ、もしくは砲丸投げで、あと十～二十センチ遠くへ投げていれば全国大会への切符が手に入ったのに。だが、そんなことを言ってみ

ても仕方のないことと思ってはいるが、

「なあ、僅か二〜三センチの違いや、ゼロコンマ二〜三秒、どうにかなれへんのか？　それくらいおまけして全国大会に出してくれたらええのになあ」

　と、未練がましく娘に愚痴をこぼしていると、

「お父さん、私にはあと一年ある！」

　と、娘は自分に言い聞かせるように言い放った。


　子どもは、親が心配する以上に強い心を持っている。それは自分たちの未来に、時間が無限にあると信じているからかもしれない。なんとなく眩しい思いで、中学校の校庭を眺めつつそんなことを考えた。

　子どもたちのがんばりは、まるで自分のことのように誇らしい。得意な陸上できちんと結果を残している娘のマイ、バスケットが楽しくなってきた息子のアキラの顔を思い浮かべた。子どもたちのがんばりを、妻と一緒に来年も再来年もずっと応援できるように、自分もがんばらなあかんと思った。

私はこのような、なにげない幸せに包まれながら駅に向かっていた。

# 救急車はどこに

それから数週間後の早朝のことだった。

「おばあさんから電話！」

妻が少し緊張した声で、子どもたちとご飯を食べている私に受話器を手渡した。

「おはよう、何？」

「何やあれへんがな。おじいさんが交通事故に遭うて救急車で運ばれたんや。早う来て」

母親の今にも泣き出しそうな声が緊急事態であることを告げている。しかし、まだぼんやりとしたまま、理解しようとしない自分がいた。

「交通事故……こんな朝早うに、なんで？」

「とにかく早う来て！　近鉄『八尾』駅前の八尾外科病院やで。ゲートボール行く途中で車に跳ねられたんや。詳しいことはわかれへん。私も今から行くからすぐ来るんやで！」

母は一方的に告げると、けたたましい音を立てて電話を切った。私のただならぬ様子に異変を感じたのだろうか、妻が心配そうに声をかけてきた。

「どうしたん？」

「おじいさんが交通事故に遭ったらしい。救急車で運ばれたみたいやから病院に行ってくる。詳しいことがわかったら電話するわ」

「ほな、私は会社休んで家で連絡待ってる、なんかわかったら電話して」

両親の慌ただしい様子に不安を感じたのか、娘と息子はこちらの様子を伺っていた。私は子どもたちを安心させるために、あえて微笑んでみせた。

「心配せんかてええ。おじいさんは頑丈な人や。なんかあったら連絡するから、今は心配せんと学校に行きなさい」

「お父さんの言う通りや。なんかあったら、お母さんが学校に連絡するから」

妻は、私が出張や所用で出かけたりするとき、子どもを促して玄関のドアまで見送らせるようにしている。この日も妻と一緒に玄関のドアまでついてきた子どもたちに向かってそう言いながら、

「なんかあったら子どもたちを連れて駆けつけるから、すぐ連絡してや」

と、私に言った。

「なるべく早めに連絡する」

私は急いで玄関から飛び出した。実家のある八尾方面へ電車を乗り継ぎながら、搬送された病院の最寄り駅である、近鉄八尾駅へと急いだ。

久しぶりの実家に向かう電車である。鶴橋駅独特の臭いを嗅ぎ、『榛原』行きの準急の振動に揺られて車窓を眺めていると、なぜか妻と結婚した当初の頃のことが思い出された。


結婚当初、私たち夫婦は私の実家で暮らしていたが、程なくすると妻と母の関係がギクシャクしてうまくいかなくなった。行き違いの原因はほんの些細なことである。けれども、その些細なことも積み重なると、妻と姑の間では取り返しのつかない傷を作ってしまうことがある。しかも、傷つくのは大抵の場合、外から一人で家族の輪に入ってくる妻のほうである。

例えば、こんなことだ。妻は食後にコーヒーを作って飲もうとしたことがあった。ところが、その行為を母が見咎めた。

「なんで、自分の分だけ作るの？　他の人にも『コーヒー飲みますか？』って聞けへんの？」

母としては、責めるというよりは、嫁としての心配りを教えるつもりだったのかもしれない。しかし、妻にとっては少々きつめの母の口調は、まるで叱責に感じられたようだ。

「あっ！　これからそうします」

ニコッと母のほうに視線を返した。

妻は、誰かに「要りますか？」と聞かれたら、欲しくなくても「はい」と答えてしまうという。相手の心配りを無にすることを申し訳なく感じてしまうからだ。だから、「要りますか？」と聞くことで、相手にいらぬプレッシャーを与えてしまうのではないか、という妻なりの気遣いであったらしい。多少複雑な思考回路を経由する妻の思いやりは、余人には理解されないことが多い。そのことは本人も自覚していたようではある。ストレートな表現を好む私の母とは、対極的な性格であったことも二人の溝を深めた原因の一つであろう。


また食事のスタイルでも、母が妻に注意をしたことがあった。うちの母は、大皿に料理をドンと盛って、みんなで分け合いながら食べるのが好きであった。いっぽう妻の実家では、メインから副菜まですべて銘々の皿に盛り分けて食べるスタイルであった。これはもう、育ってきた環境が異なる故にどちらが正解ということはない。しかし、我が家のスタイルを妻に継承して欲しい母は、きっぱりと妻に言ってのけたのである。

「一人ひとり、ばらばらにおかずをお皿に入れんでもええやん。大皿に盛ってみんなで食べたほうが、食べたいもんを食べたいだけ食べれてええんちゃうの」

そこで止めておけばよかったのだが、言葉を続けて、

「私たちと一つのお皿から取り合って食べるのが嫌なん?」

と、余計な一言を言ってしまったのである。この時は黙って肩を竦めて俯いていた妻の様子を、今でもありありと私は思い出す。

そんなある雨の日。何時に帰ると連絡することもなく駅へと降り立った私は、雨の中を駆け出そうとしてハッとした。傘を持ってじっと立っている妻の姿が目に入ったのだ。実家に居づらかったのであろう。何時に帰るともしれない夫を、冷たい雨の中でずっと駅で待ち続けていたのである。その日の夜のこと、私に背を向けて肩を震わせながら、声を押し殺して泣いている妻の姿を見た時、私は彼女を守るためにこの家を出る決意をしたのだった。


そんな若い日の出来事を思い返しているうちに、病院のある近鉄八尾駅に着いた。『八尾外科病院』へ駆け込んで受付にいた女性に、

「先ほど、救急車で交通事故に遭った人が搬送されてきたと思うんですけど……」

と、たずねた。すると、受付にいた女性は事務的な口調で、

「ご家族の方ですか?」

と、聞いた。

「はい」

「その患者さんなら脳内出血の可能性が高く、当院では検査体制が万全ではないので、そのまま救急車で他の病院に搬送されました」

「えっ、どこの病院ですか？」

受付の女性は面倒くさそうに、

「当院では搬送先はわかりません」

と、少し迷惑そうに答えた。

「どうしたら、わかります？」

「うーん、消防署にでも問い合わせされたらどうですか？」

あまり要領を得ない答えに愕然とした。思わず怒りが込み上げてきたが、そんな自分をぐっと抑えた。事は急を要す。怒りに任せてムダな時間を取られるのは愚策である。私は、努めて自分を落ち着かせ、消防署に連絡を入れると搬送先の病院を知ることができた。

教えてもらった病院に駆けつけると、待合室で母親と姉の美智子が二人肩を寄せ合い、不安そうに座っていた。私の顔を見るなり姉が口を開いた。

「おじいさんの乗っていた自転車が横から来た車に衝突されたんや。事故現場は中央環状線の久宝寺口駅近くの交差点。ＭＲＩの検査も終わって今は結果を待っているところや」

そこにちょうど、看護師から呼び出しがかかり、私たちは院長室に通された。壁際の電光掲示板の上に撮影されたばかりのレントゲン写真が並んでいる。頭に白いものが混じった初老の医師は、ボールペンでレントゲン写真を指し示しながら説明を始めた。

「脳幹部に損傷があり、脳が血液の中に浮いているような状態となっています。この状態では開頭手術は難しいため保存療法を行います。点滴で脳内部の炎症を抑え、出血を止めるよう処置を行います。ただ、場所が脳幹部なのでかなり危険です」

そこまで言うと、医師は眉根を寄せ、唇を引き結んでから重々しい口調で告げた。

「今夜が山になるでしょう。申し上げにくいのですが、助かる見込みはほぼないものと思ってください」

説明を聞いていた家族全員が耳を疑った。まさか、いつも元気で自転車に乗っていた父が、なんでこんなことに？

「そんな……」

絶句した母の背中を姉がゆっくりと摩りはじめた。医師はそんな私たち家族の様子を痛ましそうに見ていたが、きっぱりとした口調で続けた。

「場所が場所だけに、奇跡が起こって助かったとしても、なんらかの重いダメージが残る可能性が高いと思ってください。どのような障害がどんな形で出るか、今はわかりません」

「先生、助かる可能性はあるんでしょうか？」

　直前に助かる可能性は低いと言われたにもかかわらず、私は再度確認せずにはいられなかった。医師の言葉をそのまま信じてしまうことが父への不敬に思えたのである。しかし、医師はゆっくりと左右に首を振った。

「極めて少ないでしょう。限りなくゼロパーセントに近いと思っていただいても……」

　すると、医師の声を母が遮った。

「それは……葬式の準備をしろということですか？」

「そのように取ってもらっても結構です」

　何度もこのような場面に立ち会ってきたのであろう。医師は冷静にそう言い切った。

　姉は諦め切れない思いを医師にぶつけた。

「手術して出血を止めるとか、脳幹部の血液を取り除くといった処置はしていただけないんでしょうか？」

「開頭手術より、保存療法がベストの選択であると確信しています」

　そう低い声で述べる医師に対して、もう何も言えることはなかった。私は医師に一礼して母と姉を促して部屋を出た。

待合室の長椅子に力が抜けたように腰を落とした母であったが、一つため息をつくと、何かを決断したように急に目を見開いた。

「葬式になるんやったら、準備せなあかんな。一度家に帰って掃除したり、親戚にも連絡せなあかん」

すると、姉が母に言った。

「ほな、私がお母さんを家まで送っていくから一回家に帰ろか」

と、姉は私に病院で待機しているように言い残すと、母と二人で病院を後にした。そのどこか毅然とした後ろ姿を見送りながら、おそらく二人とも父が助からないと覚悟を決めたのであろうと思った。

私は家で待機している妻に電話を入れた。おそらく助からないであろうこと、子どもたちが帰宅したら連れてきて欲しいということを説明し、病院の名前と場所を伝えた。

父は検査が終わると集中治療室に移された。生きているのか死んでいるのか、顔を一瞥しただけではわからない。傍らに置かれた脈拍を計測する機械が、そのピッピッと正確に刻む音だけが父の生存を知らしめている。

それからどれくらい時間が経ったのか記憶が定かではない。私は病室の外で、知らせを受けて次々と訪れる親戚や近所の人に、父の事故と現在の症状について説明を余儀なくされることとなった。ただ、そうしていることで自身の気が紛れたのも確かではある。

夕方には妻と子どもたちも病院に到着した。面会が厳しく制限される中でこれが最後の機会になるかもしれないと、短い時間であったが祖父の顔を子どもたちに見せることができた。子どもたちは、瞑想しているかのようにベッドで寝ている祖父を見てどう思ったであろうか。おそらく子どもたちにとっては、生まれて初めて体験する生と死の「あわい」である。アキラもマイもただ神妙な顔をして立ちすくんでいた。

その頃には、一度家に帰っていた母と姉も病院に戻ってきていて、見舞いに訪れた人たちには一旦帰ってもらうことにした。現時点では、父の症状に急激な変化が見られなかったために、夜は母も家で休むこととなった。姉の夫である義兄が母を車で送り届けてくれることになり、私と姉だけが病院に残った。

夜になり病院の診療時間が終わると、病院内はまるで昼間の喧騒が嘘のように静かになった。待合室の照明も落とされて、薄暗い中で自動販売機の灯りだけが煌々と光っている。しかし、私と姉がいる救急専用の待合室だけは、電気がつけられており明るいままだった。

姉と二人、缶コーヒーを手に所在ない時間を過ごす。病院で待つ時間というのは、自分の無力さを際立たせるように思える。大けがを負って昏睡状態の父のためにできることなど何もない。病院の医師、看護スタッフに任せるしかないのである。そのことを実感としてわかっていても、やたらと時計に目が行く。あるいは、遠くから病院のスタッフの足音が聞こえると、父に何かあったのかと身構えてしまう。落ち着け、私は自分にそう言い聞かせると、冷たくなりかけた缶コーヒーをグィッと口に流し込んだ。今まで所在なげに俯いていた姉が口を開いた。

「なあ、恵ちゃん。二人だけでこうしてると、子どもの頃を思い出さへん？」

「うーん？」

「学校から帰ってきて近所の子とよう遊んだやん。辺りが暗くなってきて近所の子どもが一人、また一人家に帰っていく。最後はうちら姉弟二人だけになってしまう。お母さんは夕方からパートで働きにいって家には誰もおれへんから、お父さんが仕事終えて帰ってくるまで、延々と同じ遊びを続けてたよな」

「お姉ちゃん、子どもの時のこと思い出してたんや」

「なんかなあ、お母さんは家に帰ったし、いつ目覚めるかわかれへんお父さんを姉弟でこうやって待ってる。あの頃と一緒やなあって」

「ほんまやなあ」

私はその頃の記憶を辿り出していた。

「あの時って、お姉ちゃんは一人でずっと同じ遊びを繰り返してたやん。僕はどうしたらええのんかわからへんから、それをずっと見てるだけやったなあ」

「そうなん？　私もな、今やからあの当時の気持ちを言葉にできるけど、あれはなあ、一緒に遊んでた友だちや近所の子が次々と帰っていったからすごく寂しい気持ちになっててん。今思うと、子どもなりに不安やったんやろな。せやけど、自分より小さい恵ちゃんがそばにいる。なんぼ寂しかってもお姉ちゃんとしては泣くことは絶対できへんかってん。まあ、今考えてみたら、それで私は助けられてたんかもしれへんな」

あの幼かった時分から、もうどれくらいの時間が経ったのだろうか。子どもの頃は、上手に説明できなかったあの頃の不安、寂しさ、そういった感情を客観的に口にできるようになった現在の姉と弟。当時と違って相手への思いやりもスムーズに口に出せる。

「お姉ちゃん、今日は僕が病院に詰めているから、お義兄さんが戻ってきたら一緒に帰ってええで」

姉は軽く頷いたが、それには答えず別のことを言い出した。

「恵ちゃん、中二の頃やったか急に荒れたことあったやろ。あれはどうしたん？」

「なんでまた、そんなこと？」

「いや、ずっと聞きたかってん。でも、姉弟なんてお互い大学で家離れたり、結婚して家庭持ったりすると、なんかゆっくり話す機会なんてほとんどなかったやん」

そう言われてみればその通りであった。目まぐるしい日常は、幼い頃の家族の絆を見えにくくしてしまう。だからこそ、私はできるだけ真摯に姉の問いに応えたいと思った。

「ん〜。せやなあ。確かに荒れてたな。あれは……これといって理由はないねん。ただ、やりきれない思いの爆発かな。「宇宙」のことを考えてたら必ず「無限」というパスワードに引っかかるし、「死」の意味を考えたら物理的に消滅して自分の「意識」がなくなる、と思うと頭の中が急に膨れ上がり限界寸前まで膨れて大声を出してしまったり、机の上にあるものを投げたりする。すべて無意識の中のことやってんけど、その場に居合わせた先生には違った意味として捉えられたんやろな。先生には授業妨害で睨まれ、クラスのみんなには乱暴な人と敬遠されてしまった」

人はこうした衝動的な痛苦を持つ時期を思春期という一言で片づけてしまうのかもしれない。ただし、その真っただ中で、迷い、苦しみ、彷徨っている当人からしてみれば、一歩足を踏み外すだけで死をも覚悟せねばならぬほどの苦しみの中にいるのである。そう思うと、我が娘マイが当時の自分とくしくも同じ年齢を迎えているにもかかわらず、日々を淡々と冷静に生きていることが不思議にすら思えてくる。

姉は少し迷った末に言葉を発した。

「そうやったんか。お母さんがなんども学校に呼び出されてたやん。それまで恵ちゃんはスポーツ大会とかではリーダー的な感じでがんばってたのに、そういうことも一切やめてしまったから、何か心が折れるような出来事でもあったんかと心配しててん。私は弟が活躍しているのを楽しみにしてたんやで！」

「それは、また違う理由があんねん。毎年五月ごろクラス対抗のソフトボール大会があったやろ。昼休みの時間にみんなが練習できるように一人で準備して遅れて弁当を食べていたら、食べ終わった人から運動場に出ていって五〜六人の女子と僕だけが残った。その時、女の子が、『ソフトボールなんかやりたないのに、なんで昼休み使って練習なんかせなあかんのん！　アホと違う』て。その言葉を聞いた時、女子のリーダーに対する不満だったんやろけど、男子の中にもこんな人がいたら自分のやっていることはなんなんや、と思ってからは積極的にしなくなったんや」

「そうなんか、ほんで「宇宙」や「死」に対して何か答えが見つかったん？」

「う〜む、完全解答は無理やけど、なんとなく」

姉は咳き込むように、

「どんなこと？」

と、たずね返した時に義兄が戻ってきた。

「今日は僕が待機しているんで、二人は帰って休んで。お父さんの容体に変化があったら、すぐに連絡するわ」

私が姉夫婦にそう声をかけると、姉は小さく頷いた。


父の容態は変化なく朝を迎えることができた。意識不明のまま山を乗り越え、その後、医師にはほとんど起こりえないといわれていた奇跡が続いた。毎日、「今日がその日だろうか。今日は持つだろうか」と祈るような思いで過ごすうちに気づけば三週間近く経っていた。

病床の父はその間、奇跡のように小康状態を保っていた。そして、三週間が過ぎようとしたある日のこと。父の左手が微かに震えるように動いた。私は父の体を揺すりながら、声をかけた。

「お父さん、お父さん」

私の呼びかけに応えるように、さらに左手が動いた。注視していないと気づけないほどの僅かな動きだけれど、確かに動いている。掌を掴み、腕を摩ると優しい力で私の指を握り返してきた。ほとんど諦めかけていた私たち家族にとっては、まさに奇跡としか言いようのない出来事であった。

病院では集中治療室が父の病室となり、意識がないままにリハビリが始まった。それから二週間で左手に続いて、左足、右手、右足と少しずつ動かせる箇所が増えて病室も一般病棟になった。その頃には父の意識が回復したのである。話しかけると弱々しい声ながらも答えようとする。母が父に話しかける。

「おじいさん、名前は？」

「ジロウ」

「年はいくつ？　何歳？」

「七十二」

「七十三やろ、私の名前わかる？」

「シズコ」

家族を連れて見舞いに訪れた病室で、母が父との会話を見せてくれた。見舞いに来るたびにリハビリの一環として父と会話を繰り返すのだという。

「これなら、全回復するかもしれへんな」

私が期待を込めてそう言うと、母は、

「まだ先のことはわからへん」

と、自らに言い聞かせるように言った。

「それにしても、おじいさんは不死身やな。もしかしたら事故の時に柔道の受け身を取ったんとちゃうか。柔道二段は伊達やないな」

私がそう言うと、祖父のベッドの側にいた娘のマイと息子のアキラが祖父の手を取り、優しく撫ではじめた。誰に言われたわけでもないのに、子どもたちは自ら進んで祖父を慰めようとしていた。しかし、ベッドに横たわった父はなんの感慨もないように、二人の顔をしげしげと眺めているだけだった。


父の事故入院以来、私たち家族はマイとアキラの練習がない日を選び、週に一度は母とともに見舞いに訪れていた。前頭葉を損傷している父の後遺症は、自発的な欲求や感情というものがすっぽり抜け落ちたような状態だった。見舞いを重ねるごとに、段々と私にも理解できるようになっていた。その頃には、担当の医師は当初の院長から四十代くらいの精悍そうな男性医師へと変わっていた。彼はキビキビとした口調で私たち家族に父の状態を説明してくれた。

「お父さまは、いつも笑顔で看護師に対してもニコニコされていますね。看護師の間ではアイドル的な存在ですよ。私は思うんですが人が人としていられるのは、〝笑う〟という行為ができるかどうかだと思うんです。そういう意味では、お父さまは笑うことができるから全く普通の人なんですけど」

私は、医師に質問をした。

「この先、リハビリを続ければ以前のように戻れるということですか？」

すると、医師は微かに困ったような顔になった。

「それは、なんとも言えません」

「ずっとこのままの状態なんでしょうか？」

「まあ、今の医学では、これ以上はなんとも申し上げられないのです」

医師の口調から、先ほどまでの歯切れのよさが消えた。

父は、自分自身では起き上がることもできない。のどが渇いたからお茶が飲みたいと自分から要求をすることもない。無意識のうちに誰もが行っている寝返りも人の手を借りなければ不可能であった。

ベッドで寝たきりになっている人は、二時間ごとに体位を変えないと床ずれが起きてしまう。父の場合も臀部の床ずれが悪化し、筋肉の大半が壊疽してしまった。病室で父の患部が異臭を放っている。母はどこから聞いたのか、「馬油」を丁寧にガーゼに塗りつけて、患部を覆うように貼ったりしていたが、それでもなかなか治ることはなかった。臀部の筋肉が落ち、乾いた部分は猿の尻のように真っ赤になっている。

傷口を見たアキラは、

「おじいさん、痛くないんかな？」

と、心配そうに私の顔を見上げる。その祖父を思う故の愁いの表情に、ギュッと胸を揺さぶられる。

病院に行くと私が父を車いすに座らせ、病室から連れ出すこともあった。休日の人のいない待合室の片隅で、車いすに座っている父をみんなで囲む。すると、マイもアキラも盛んにおじいさんの手を握ったり、腕やら脚を摩ったりしはじめた。

私自身が少し潔癖症気味なところがあり、他人の体に触れたりするのに躊躇するところがある。そもそも子どもたちに、お年寄りにはこう接しなさいなどと教育したことはなかった。しかも、彼らが誕生する前に実家を離れたので、祖父と一緒に過ごした時間はほとんどないにもかかわらず、二人の子どもたちがごく自然に祖父に話しかけたり、体に触れたりするのを不思議な気持ちで見ていた。あるいは、もしかしたら私の預かり知らぬところで、妻が子どもたちに老人への接し方を教えていたのかもしれない。

その日は、母が父の髪をバリカンで刈った。月に一度は母がこうして散髪をしている。

すると、感情のないはずの父がきれいに刈られた頭を何度も確認するように手で触っていた。母はタオルを温めると散髪後の顔を拭き、頭も丁寧に拭いてあげた。すると、父は気持ちがいいのか、深く目を閉じてしばらくじっとしていたが、目を開けると、ぎこちなく手を挙げ頭を軽く下げるのだった。その感謝しているような仕草にはなんの障害も感じさせなかった。自発的な活動ができないという診断を疑ってしまう。母は、おもむろにバッグからあんパンを取り出してアキラに声をかけた。

「おじいさんにこれあげて」

と、手渡した。アキラは素直に手渡されたあんパンをおじいさんの手にしっかりと持たせた。受け取ったおじいさんは、条件反射のごとく緩慢にパンを口へと運ぶ。ただし、包装のビニールごと口に入れようとする。こういう動作を見るとやはり以前の父との違いを痛感せざるを得ない。

ある時期、食事制限されることがあった。その時も母は今のようにおじいさんが好きだったという〝あんパン〟を与えていた。

「お母さん、病院が患者の状態を考えて病院食以外は遠慮してくださいと言ってるのに、なんで勝手なことをすんの！」

「せやかて、自分で何かを食べたいとか、背中が痒いとか言われへん、いつ死ぬかわからへん人に好きなものを食べさせてあげんのが悪いことか」

「回復に向けて食事療法をしていることが無駄やないか」

「この食べ方を見て！　とても喜んでるような顔を見るとよかったと思えへんか」

「それはお母さんの勝手な解釈や。患者のためやあれへん」

「なんで、そんな怒るような言い方ばっかしすんの。もっと違う言い方があるやろ！」

回復しているように思えない、以前のようになる保証もない。喜んで食べているもので満腹感を与え、好きだったお酒も飲めるだけ飲ませてあげることのほうが、今の父親にはよいのではないかと思ったりもする。

マイがふと私の顔を見上げて、

「アキラと一緒に病院の探検に行ってきていい？」

と、たずねた。母がすかさず口を挟んだ。

「それやったら、おじいさんの車いす押して連れてってあげて」

「うん、そうするわ。アキラ一緒に行こう」

背筋をしゃんと伸ばし、マイが車いすを押しながら廊下を歩いていく。時折、おじいさんに何かを話しかけているようだ。アキラもマイを真似て、おじいさんに話しかけていた。

数分後、二人が戻ってきた。今度はアキラが車いすを押すと言い出した。

「気をつけて行っといで！」

「超特急で行ってくる！」

「あかん。病院では走ったらあかん」

アキラは勢いよく走り出そうとした体勢を押し止めて、ゆっくりと車いすを押し出した。


事故で入院して初めての正月を迎えた。この頃になると父のリハビリの効果が見られなくなった。その上、リハビリもほとんど行われなくなっていた。

私たち家族は実家に集まり、父不在のままいつもの正月を迎えた。母一人が暮らす実家に、姉夫婦と二人の子ども、そして我が家の四人が顔を揃えた。いつもは父が作っていたおせち料理も今年は母と姉が作っていた。お雑煮を食べるのもいつもの習慣である。

姉が食卓にお雑煮を配り終えると、母が子どもたちにお年玉を配ってくれた。

「あけましておめでとうございます」

「おめでとう」

「おめでとうさん」

みんなが口々に年始の挨拶をして食事が始まる。

「恵ちゃんの会社はどうなん？」

「ぼちぼちやなあ。長いことデフレが続いてるし、広告はもろに景気の影響受けるしなあ」

「どこも同じやな」

「お義兄さんとこは通信事業やから、あまり景気なんか関係ないんちゃうん？」

「この人の仕事は、局内の増設工事の図面を引いてるだけやからね」

「なんでお姉ちゃんが、代わりにしゃべるん？」

「無口な技術屋さんやからね、私が代わりにしゃべってあげてんの」

　そんな姉弟のやりとりを、義兄はビールを片手ににやにやと聞いていた。

「マイは春から中三で受験やな。アキラも六年生か」

　母がうちの子どもたちにそう話しかける。するとアキラが溌剌とした声で答えた。

「ぼくはミニバスで全国大会に出場するで！　そやから、おばあさんも東京に一緒に行こうな」

　母が目を細めた。

「アキラが出るんやったら、東京でもどこでも行くで」

　そんなお正月の賑やかな家族の会話の中で妻一人だけが、にこにこしながらみんなの話は聞いているが会話には入ってこない。自分の子どもたちと一言、二言の会話をするだけだった。母との確執が原因でこの家を出てから、すでに十五年以上経っていたが、いまだに妻の心の傷は癒えていないようである。正月に家族が全員揃って食卓を囲んであれやこれやと話が弾んでいる中で、一人だけ自分の世界に閉じこもっている妻を見ていて、学生時代のことを思い出していた。

まだ学生だった頃、たまたま同じ電車に乗り合わせた時に目にした妻の姿は、人を拒絶しているように見えた。彼女は電車のドアポケットに佇み、ドアが開いて人がドーッと彼女のほうへと流れ出しても、かたくなにその場所から押し流されないように動こうとはしなかった。自分の空間を必死で守っているように私には思えたのである。同じ学科で授業が重なり時々は話をする間柄ではあったが、親しくはなかった。しかし、この日はそんな彼女に声をかけていた。

「おはよう、大阪で生活するのは大変やろうけど、何かあったらいつでも声かけてや」

驚いたように見開かれた妻のあどけない瞳を私は今でもありありと覚えている。付き合い出してからわかったことがある。彼女は警戒心が強く、他人とは容易に打ち解けないが、一度相手に対して心を許すと、類い稀な素直さと明るい性格で相手を幸せにすることができる人だった。彼女は府外から大阪という喧騒渦巻く都市に来て、荒波にのまれまいと必死で自分を守っていた姿を、私は電車の中で垣間見ていたのだと思う。

妻と学校で過ごす時間も増えて、映画に行ったり京都をブラブラしたりするようになっていた。

そんなある時、ちょっとした事件が起こった。学校の送迎バスは、学生たちでごった返していて、めったに座席に座ることができなかった。そのバスがバックしながら停止位置まで進んだ時、妻の目の前でドアが開いたことがあった。彼女は、いち早く乗り込み座席を確保すると私を手招きした。

「ここ、確保したよ」

自慢げにニコニコと笑っている。

「よう座れたな、すごいやん」

と、褒めつつ彼女の足元を見てあれっと思った。

「靴、片方ないやん、どうしたん?」

彼女はあっけらかんと答えた。

「バスにね、轢かれて脱げてしもてん」

「ええっ、はあ?」

言っている意味がわからない。驚く私に向かって彼女は首を傾けながら言った。

「多分、まだバスのタイヤに轢かれたままやと思う」

私は彼女の手を掴むと立ち上がらせながら、言った。

「とにかく降りよう、一回、降りよう」

「ええーっ、せっかく座れたのに？」

　彼女は少し不満げにそう言いつつも、私の後についてバスを降りた。バスの後輪の下には、確かにペチャンコになった靴があった。バスの運転手さんに事情を話して、バスを移動させてもらい靴を取り出した。

「足は大丈夫やったん？」

「うん、危ないって思った時に足の指をこうしてギュッと猫の足みたいに丸めたから」

　むしろ自慢げである。私は少々呆れながら彼女にたずねた。

「僕が靴に気づかなかったら、あのまま靴なしで帰るつもりやったん？」

「うん、靴のことよりこのバスで二人が座って帰れる、それのほうが嬉しかったてん」

　微笑みながら私を見上げる彼女の澄んだ瞳に、私はそれ以上何も言えなくなってしまった。天衣無縫と言うべきか、無邪気と言うべきか。当時の私にとって、彼女は不思議な存在であった。彼女の笑顔にただただ幸せを感じる日々だったのである。

　更に、駅に着くと買い物があると言うので待っていると、こちらに向かって大きく口を開けて、零れるような笑顔で走り寄ってきた。コーラのテレビコマーシャルで見るような、世界中の今日一日の幸せを笑顔に換える情景であった。

「買い物をしたら、おまけにこれをあげるって貰ったの。おまけのほうがメッチャ嬉しいかも」

無邪気に喜んでいる彼女の笑顔を見た時、僕はこの笑顔を一生見ていたいと思った。

目の前の少し辛そうな妻の顔を見て、今年はあの時の笑顔を何度も見られるようにすることを誓った。

お正月の実家を辞すと、私たち家族は父の病院へと向かった。母から持たされた煮しめをたずさえている。お正月で一時帰宅している患者さんが多いのか、病室はいつになくガランとしていた。父を車いすに乗せて、待合室へと移動する。

「おじいさん、今日はお正月や。おばあさんが、煮しめを作ってくれたから持ってきたで」

お重の蓋を開けて中を見せると、父は、

「おーっ」

と言って、口を細めて体を少し反らした。介護用のスプーンを手渡すと、父は少しずつゆっくりと煮しめを口に運んでいたが、次第にもどかしくなったのか、手掴みで食べ出した。

「おじいさん、おいしいですか？　お茶を飲みますか？」

妻がお茶の入った湯呑みを口元にあてがうと、父は一気に飲み干した。

「おじいさんは、どこまでわかってるんやろな」

私は、妻にぼやき気味に呟いていると、横からアキラが、

「おじいさんは、みんなわかってるって。自分の名前も言えるし、歳もわかる。暗算もできるんやで」と、言った。

「ええっ」

私が驚くとアキラは得意げにおじいさんに問題を出した。

「おじいさん、二足す二はなんぼ？」

おじいさんはすぐに指で四を出した。私は時計を指さして、

「十二時五十五分やけど、一時まであと何分？」

と聞いてみた。すると、父は指を広げて、

「五分」

と、声に出して答えた。自分からはお茶が欲しい、尿意があるなど何も伝えることができないのに、こちらからの質問には答えることができるのだ。人に笑顔を返すこともできるのに、どうして自分の生理的欲求が主張できないのか不思議でならない。

## キャプテン

アキラが所属しているミニバスのチームは、クリスマスを挟んだ三日間で行われた全国ミニバスケットボール大会出場をかけた大阪府大会に出場した。なぎさ小学校は順調に勝ち進み、なんとベスト四という成績を収めることができたのである。その結果、近畿大会にも出場を果たした。

そして、大阪府大会が終わると五年生が中心となって新チームが始動する。

「お父さん、キャプテンになったで」

アキラは誇らしげに私に報告をしてきた。

「キャプテンか、これから大変やな」

「そうや、大変やで。けどなお父さん、なぎさ小学校のキャプテンになるっていうのはそれだけで大変なことなんやで！」

アキラは私を諭すかのように一気に話した。

「お父さん、お正月に言うてたこと覚えてる?」

「もちろん、全国大会出場やろう」

「そうや、大阪府大会優勝して全国大会出場するで」

正月からアキラの部屋に貼られたカレンダーに、「全国大会出場!」と書かれていた。

アキラは三年生からミニバスを始め、偶に試合に出場していた。五年生になってから、四クォーターの一つだけに出る、「割れ」のメンバーになった。その頃から、妻と二人して土日はなるべく練習の見学に行けるよう、スケジュールを空けるようになった。

「去年のチームも、その前のチームのキャプテンも上手やったもんな。アキラもがんばってうまならなあかんな」

「うん、これからは練習、練習や」

妻が口を挟む。

「アキラ、勉強もせなあかんで」

「はーい」

「あら、ええ返事やね。お父さん、今日はアキラがキャプテンになったお祝いしよっか」

「ええな。マイが帰ってきたらみんなでなんか食べに行こか」

「ほんならぼくが決めてもええか？　回る寿司に行きたい。二十皿に挑戦するねん！」

その日の回る寿司で、アキラは本当に二十皿をぺろりと平らげた。マイも負けじと、皿を積み上げていた。子どもが嬉しそうにお腹いっぱい食べるというのは、見ていて気持ちがいいものだ。

家に帰って子どもたちが自分たちの部屋へ入ると、夫婦二人の時間となる。この時間にお酒が飲めない私たちは、二人でコーヒーを飲みながら会話をすることが日課となっていた。

「せやけど、アキラがキャプテンとは、驚いたな」

「私もびっくりしたわ。前々から父兄の間では、一番うまい子や、学校のＰＴＡ役員をしている親の子どもがキャプテンに選ばれることが多いって聞いてたから」

「なんでまた先生は、アキラに白羽の矢を立てたんやろな？」

「うーん、まあ、あの子は先生の教えを忠実に守って真面目に練習する子やから、そんなところで選ばれたんとちゃうかな」

「家では給食のエプロンを出し忘れてたのになあ」

「ほんまやわ」

妻がおかしそうに笑った。しかし、私はいくつか気づいていたことがある。バスケの試合の前の日には、アキラは必ずユニフォームをきちんと畳んでカバンに入れ、その他の持ち物のチェックを怠らなかった。試合中でも、自分が出場しているクォーター以外はベンチで一生懸命応援をしていた。チームメイトの上達をまるで自分のことのように喜べる。後片づけの際も、ふざける子どもがいる中、アキラは淡々と片づけをこなしていた。

練習でも彼の真面目さが見て取れる。例えば、自分の苦手な技術を繰り返し反復する練習ドリルを嫌がることなくこなしていた。そればかりでなく、チームメイトの練習ドリルを手伝ってやることもあった。自分自身の上達も、チームメイトの上達も一緒のように喜んでいる。先生はこんな子をキャプテンにしたんだろうな。こういう細々したところがコーチの目にとまったのではないか。

キャプテンになった後の土曜日、練習の見学に行った際にコーチと話す機会があった。コーチのほうから私に声をかけてくれたのである。

「アキラくんのお父さん、一年間よろしくお願いします。キャプテンには叱られ役になってもらうことも多いと思います。その分、ご家庭でフォローしてあげてください」

「アキラはあれで結構打たれ強いですから。ところで、アキラの部屋にあるカレンダーには『全国大会出場！』と予定が書いてあるんですよ」

するると、スラムダンクの安西先生を彷彿とさせる貫禄たっぷりのお腹を揺すりながら、コーチは豪快に笑い、あっけらかんと宣言した。

「もちろん、今年は全国大会に行くつもりでいますよ。お父さんもお仕事で忙しいでしょうが、できるだけ練習や試合を見にきてやってください」

アキラの安西先生は力強く宣言した。

「はい。先生もお仕事との両立で大変だと思いますが、私たち父兄もできるだけサポートしますので、今年一年よろしくお願いします」

ミニバスのコーチは小学校の先生が大半を占め、それ以外の人がするのは稀であった。ミニバスのコーチをほとんどの人が「先生」と呼ぶのはこのことが原因だと思うが、小学生を教える人は教師でなくてもみんな「先生」であると思う。バスケットボールの技術やルールを教え、目標に向かって練習することを教える。社会のルールや生活態度などの教育もしているのだから、これはコーチではなく「先生」である。

コーチは会社の仕事の合間を縫って、子どもたちの指導に来てくれている。アキラのチームの練習は火曜日午後六時～八時と水曜日午後四時～六時、そして土日と週に四回となっていて、このうちコーチは水曜日が仕事で来られないため、保護者が水曜日の練習を交代で見守っているのだ。その他の曜日も男女二～三人の親が練習の手伝いをしている。

ただし、親も仕事があるし、兄弟の習い事や病気などで突然欠席せざるを得ないケースもある。子どもにスポーツを習わせる以上仕方のないことではあるが、クラブチームのために親が拘束される時間についてはそれなりの覚悟が必要なのだ。

試合のための送迎も、複数の親が数人の子どもを自分の車に分乗させて現地に赴くことがほとんどだ。中には車酔いしてしまう子どもがいて、買ったばかりの新車の中で嘔吐されてしまったなどという笑えないエピソードもある。バスケは室内競技なので、車内がそう汚れることはないが、野球やサッカーなど屋外で行われる競技の場合、子どもたちは泥だらけのスパイクやユニフォームで車に乗り込んでくることになる。また、女性の保護者の場合は、遠くまでの運転そのものがストレスだという話も聞く。こういうことでもなければ、普通の主婦が高速道路を運転する機会もそれほどないだろう。もちろん、私自身も他の家の子どもを乗せてハンドルを握っている時は、やはりいつも以上に慎重な運転を心がけている。

ただし、そうした心理的な負担面を上回って、クラブチームに参加するメリットはある、と私は断言したい。それは、何より子どもたちのがんばる姿を間近で見られること、勝利の瞬間の笑顔を間近で一緒に喜ぶことができること、これに尽きるのではないだろうか。運動会で我が子の写真を撮るために必死でよい場所を探した経験が誰でもあるだろう。

教室では見られない我が子の輝かしい瞬間に立ち会えるのは、親としてやはり嬉しいものである。

また、クラブチームの親同士に緊密な関係が築けることもメリットである。同じチームで戦う選手同士はライバルでもあるが、チームメイトの絆というのは卒業しても変わることのない一生の財産である。親同士も同じことだ。子どもたちのチームに声を合わせて応援する、ましてや普段から練習の手伝いをしていれば、もはや自分の子どもも他の子どもも、みな我が子のような親しみを感じる。そうした、ただのクラスメイトの親同士では結び得ない緊密な関係性を親同士も結ぶことができるのだと思う。

保護者は仕事や町内会、自分の趣味などを調整して時間を割いてミニバスの手伝いをしているが、それ以上に今の小学生はとにかく忙しい。我が子のアキラは、ミニバスに注力する中でもピアノ教室は続けていたが、ソフトボールはやめ、それまで通っていた学習塾もやめた。スケジュールをこなすことが困難になってしまったからだ。

他のチームメイトも同様で、学習塾、英会話、そろばん、スイミング、剣道、空手、ソフトボールなど、あらゆる習い事をかけもちしながらミニバスをしている。我が家のようにミニバスを最優先にしている子どもはほとんどいなくて、そのため、他の習い事のためにミニバスの練習を休むこともしばしばである。

私たちが小学生の頃は、これほどまでに多種多様なスポーツや習い事を経験する場がなかったので選択肢も少なかった。せいぜい学校の放課後に野球かサッカーをするくらいであった。今は幼稚園の頃からたくさんのスポーツに触れられる機会がある。子どもたちにとっては自分の向き不向き、あるいは好き嫌いを見極める上でとても有意義なことであると思う。ただし、あれもこれもと手を広げてしまうと、結局どっちつかずになってしまったり、忙しすぎて子ども自身がパンクしてしまう可能性もないとは言えない。個人的な考えではあるが、小学校高学年くらいになれば習い事はなるべく絞ったほうがいいのではないだろうかと思う。高学年ともなれば自分の興味のあることについては、自分で工夫して取り組むことができるし、やることもそれなりに高度になってくる。スキルを磨くためには、ある程度時間をかけて一つのことに集中させたほうが、いいように思うからである。

少し話が逸れてしまったが、我が家ではアキラがバスケをメインでやりたいという思いが強く、私たち夫婦も彼の意思を尊重し見守ることに決めたのであった。

私と妻には一つの約束事があった。それは、子どもたちの前では絶対に夫婦ゲンカをしないという決まりである。難しい話ではない。両親がケンカをして家庭がギスギスしているよりは、常に明るい雰囲気であったほうが子どもたちは伸び伸びと育つだろう、そんな漠然とした考えから決めたことであった。

他にもある。子どもたちに対して絶対にウソをつかないこと。夫婦で隠し事をしないことなどである。どこの家庭にもあるごくごく一般的な約束事だ。

ただし、これらの約束事も決めた時には簡単に決めたが、これを守るとなると案外難しいものである。

アキラのキャプテン就任が決まって、私自身はミニバスの手伝いにも熱が入るようになった。アキラ自身も全国大会出場という夢を掲げてがんばっている。当然、親としては全力で後押しをしてやりたい。

しかし、そのいっぽうで父親の入院も長引いていた。というよりも、終わりが見えなかった。土日は仕事で休めないことが多かったが、それでも休めた日はアキラの練習を見に行くか、父の見舞いに行くかであった。あるいは、午前中に見舞いに行って午後からミニバスの練習を手伝いに行くこともあった。どちらも自分がしたくてしていることではあるが、四十代半ばともなれば、疲れは知らず知らずのうちに溜まっていたようだ。

その頃の妻は土曜日にも仕事を入れていた。そのため家族揃って朝食を食べるのは、月曜日から金曜日までという習慣ができていた。私は平日の疲れを癒やそうと土曜日だけは朝食の時間を気にせず、遅くまで睡眠を取ることにしていた。

ある土曜日の朝のこと。妻は出かけているはずの時間にリビングのソファで横になっていた。前日に休むという話は聞いていなかったので、疲れが溜まって休むことにしたのかなと、深く考えずにテーブルの上に残されていた朝食を一人で食べた。マイとアキラの姿はない。すでに二人とも練習に行ったのだろう。妻は寝ているようだったので、起こさないよう静かに支度をすると、私はなぎさ小学校の体育館へと向かった。

練習を終えたアキラと家に戻ってくると妻の姿がなかった。お昼ご飯の用意はない。妻はどこに行ったのだろうと不思議に思いつつも、私は四人分の昼食を用意してアキラと食べはじめるとマイが帰ってきた。

「わあ、おいしそうなチャーハンやな」

「早くうがいをして、手を洗ってきなさい。洗濯物はちゃんと出して、鞄を部屋に置いてきなさい」

まるで朝によく聞いている妻と同じようなリズムで「早く何々しなさい」と言っているではないか。母親がシャワーのように浴びせる「早く何々しなさい」で始まり、すべてが一方的な命令口調の言葉。子どもたちは「うんざり」しているのではないか？　いつからこうなったのかわからない。マイが小学校に入り給食を食べるようになった頃、先生が、

「マイちゃんは給食を食べるのが大変遅いのですが、家でもそうなんでしょうか？　五時間目に入っても給食を食べ切れないで、食べ続けることが度々あるんです。それと他のこともゆっくりされているようなんですが」

と、面談で妻にいった。

「家でもゆっくりと食べていますが、学校では給食の時間内に食べることも必要ですね！　これからは早く食べる練習を家でしてみます」

先生から聞いたその日から、妻のマイとアキラへの「早く食べなさい」「早く何々しなさい」の教育が始まった。それ以来ということではないのだが、朝の「早く何々しなさい」が今も続いているのだろうか？

「マイ、今日の練習はどうやった？」

「百メートルで結構ええ記録が出たで。顧問の先生が教えてくれた筋トレの効果が出てきたんかも」

「家でも、ちょくちょく筋トレしてるもんな」

するとアキラが口を挟んできた。

「ぼくも筋トレしたら、バスケうまくなるんとちゃう」

「いろいろな説があるけど、小学生の間はまだ体が発達途中やから、筋肉がつきにくいともいうな。もうちょっと大きくなってからでもええんちゃうか」

「そうなんか、ドリブル以外に家で練習できることないかなあ」

マイが閃いたように私に向かって、

「ラダートレーニングなら、バスケでも使えそうちゃう？　機敏性を高めるためのトレーニングやから、アキラはスーパースターになるかも」

「ああ、ステップとかに効果ありそうやな」

「ほんなら、やるけど、どないするん？」

アキラのいいところは、非常に素直なところである。バスケに関しては、誰かに言われたことはとりあえずやってみるというポリシーらしい。

「ラダートレーニングは帰ってきたら教えたるわ。お父さんはおじいさんの見舞いに行くけど、マイとアキラはどうする？」

「マイは駅伝の応援しに友だちと一緒に長居競技場へ行くわ」

「アキラは運動場で友だちとバスケする」

「そうか、出かける時は戸締まりちゃんとしていってや」

「はーい」

私は食べ終わった食器を流しに片づけると病院へと向かった。この頃、父は「症状固定」されて、車で三十分くらいの病院に転院していた。見舞いの品は、家から持ってきたりんごと途中で買い求めたあんパンである。

「りんご、食べる?」

そうたずねたが返事はない。私はとりあえずりんごの皮を剥きはじめた。すると、

「もったいない」

と、皮剥きをしている私を覗き込むように見ていた父がぼそりと呟く。気にせず剥き続けていると、

「ごつい」

と、更に私の皮の剥き方に文句をつけた。

「せやな、りんごの皮は薄う剥かなあかんな」

と、答えた。こんなふうに文句を言われると、父が正常に戻ったように思えて嬉しくなった。りんごを小さく切り分け手渡すと、父は口をもそもそと動かしているがいっこうにりんごが減らない。不思議に思って辺りを見ると、ベッドの横に入れ歯がポツンと置かれて

いた。

「ごめん、歯がないと食べることできへんわな」

私は入れ歯を父の手に持たせ口元へと誘導した。すると、父は自分で口を動かしてきちんと入れ歯を嵌めることができた。入れ歯が収まると口元がしっかりして事故前の顔に戻ったようだ。そして、りんごをシャクシャクと音を立てて齧り出した。

「お父さん、アキラはミニバスのキャプテンになったで。僕は野球してた時も、バスケしてた時も、キャプテンなんて無縁やったけどな」

りんごを食べ終わった父はこちらの話を聞いているのかいないのか、ただじーっと私の顔を見ているだけだった。そういえば、父は私が子どもの頃にやっていたスポーツの試合を一度も見にきたことがなかった。高度経済成長の時代を生きた父親たちはみなそうだったのかもしれないとは思う。家庭より仕事を優先してきたのが、戦後の日本の繁栄を支えた男たちだったのだから。

「お父さんは自分の子どもに興味なかったんかな。でもな、よう考えてみたら、僕もお父さんのことよう知らんわ。何を考えてどう生きてきたのか、全くわかれへん。何が好きやったかすら、知らんわ」

前頭葉が損傷したことで思考回路が分断された状態の父。五感の何かに刺激を受けたことをきっかけに脳が奇跡的に回復することもあろうかと、これまで父が好きな食べ物や興味を持っていたと予想したものをあれこれ考えては、試してみたり持ってきたりした。しかし、結局のところ父のことを何もわかっていなかったということだけがわかったのである。

子どもの頃の一緒に過ごした時間を思い返してみても、同じことであった。父は自分からテレビのチャンネルを変えることは全くなく、画面に映し出されているものを淡々と見ているだけであった。食卓におやつが出てきても自分は食べずに私たち姉弟に、

「二人で仲良う食べ」

と、言うだけであった。何かについて熱く語ることもなく、何かの趣味を持っていた形跡もない。挙げ句の果てに、自己主張が全くできない疾患を負うことになってしまった父の人生とはいったいなんだったのであろうか。気がつくと父相手に一人語り出していた。

「お父さん、僕は自分の人生と同じくらい子どもたちの人生について重みを感じてるんや。人間が生きていく、成長していく過程ってすごいで。自分が子どもの時には周りを見てる余裕なんてなかった。せやけどな、父親として子どもたちの成長を追いながら、彼らと同じ目線で生きていくことが、こんなに楽しいことやなんて想像もでけへんかった。まるで、もう一回自分の人生を追体験してるみたいなもんや……せやけど、お父さんにはそれが

なかった。何もなかったんちゃうかあ」

虚しさとは違う、諦めでもない、ましてや父に対して恨み言を言っているつもりは全くなかった。これは、どちらかというと淡々とした私の性格故かもしれないが、過ぎたことに拘泥しすぎるのは自分らしくない、そんな思いが常に根底にあった。このときの心境を自分なりに分析してみると、ただ父の来し方、彼の人生が不思議であった、ということに尽きると思う。問わずにはいられなかったのだ。たとえ返事が返ってこないことがわかりきっていたとしても……。

「一回だけ、お父さんが僕に意見したことがあったな。あれは高校生で、喫煙が原因で無期停学をくらった時やったかなあ」

その時、父は怒鳴るでもなく悲しそうな顔をするでもなく、あっさりと「タバコは家で吸え」とだけ言ったのだ。思い出を掘り返してみても、父のことがわからないという現実だけが立ち上がってくる。それでも、私は思い出話を止めることができなかった。

「グローブのこと覚えてるか。小学校五年生の時に野球部に入るって言うたら、次の日にグローブ買ってきてくれたよな。お父さんテレビでよう野球見てたのに、なんでオモチャ屋で売ってるようなグローブ買ってきたんや。恥ずかしくてよう使わんかったわ。お父さんには学校に置いてあるって言うてたけど、ほんまは家の机の後ろに隠してたんや」

私は口の中で小さく、

「かんにんやで」

と、呟いた。もちろん父からは何も言葉は返ってこない。父は車いすの上で姿勢を崩すこともなく同じ表情のままこちらを見ている。

「ほな、そろそろ帰るで。また来るわ」

父のまっすぐな目になぜか自分が負けたような気がしてならなかった。


家に帰ると、妻がダイニングで一人紅茶を飲んでいた。私が部屋に入っていっても、こちらに目線を向けることすらしない。

「ただいま」

返事はない。

「子どもたちはまだ帰ってへんの？」

「……」

「おじいさんの病院行ってきてん。なんの変化もなかったわ」

「……」

「今日のお昼はどこか行ってたんか？」

「……」

　苦笑しながら言った。

「なんか無言の行でもしてんのか？　なんかあったんか？」

「……」

「なんなんや、いったい！」

　さっきまで病院で話していた父との返事のない会話に、いつのまにか精神的ダメージを受けていたと気づいたのは、妻に怒鳴った後だった。

「ええかげんにせえよ！　返事くらいせえや。言葉にせんとなんにも伝われへんで」

　ほとんど恐怖に近い感覚が私の心を縛り上げた。父のことが何もわからない。妻のこともまた、私は何もわかっていないのではないかという恐怖だ。恐怖は更なる怒りを生む。

「何かをわかってもらおうと努力もせんと、自分が被害者みたいな顔するのはあかん」

　妻の精神力は私と比べようもなく強いのかもしれない。彼女は顔色も変えずに淡々と紅茶を飲んでいる。

「今日のお昼かて、急用ができて家を空けるんやったら、メモを残すくらいはできたやろ」

　妻が初めて言葉を発した。

「そんなこと、いちいち言わんとあかんの？　家族やのに」

「当たり前やん、家族やからや。四人がそれぞれ自分の時間を持ち寄っての家族なんや。家族一緒にご飯食べたいって言うてたんは自分やないか。それを急になんや。自分一人の感情でしたいようにするやなんて。そんなん家族やない。話しかけている人を無視するのもあかん。マイペースに暮らしたいなら家を出ていって一人暮らししたらええねん。僕は子どもたちと三人でどうしたら家族として幸せに暮らせるか、考えるわ」

言ってはいけない言葉。自覚はあった。彼女を放り出すような言葉だけは絶対に言ってはいけない。それは、彼女と付き合い出してから自分に課していたことだったのに。無表情だった彼女は、顔をゆがめたかと思うと涙を流しはじめた。これでは、私はまるで母と同じだ。新婚の頃、何も言い返せない妻をなじっていた母と同じことを自分もしている。妻は自分の感情を言葉にして表現することが苦手だ。そのことを頭では理解していたはずなのに、感情に任せて彼女を責めてしまったことに後悔の念が湧いてくる。

凍りつくような沈黙が続いている時に、玄関の扉がガチャという音を立て、

「ただいま！」

と、アキラの元気な声が響いた。私は子どもの前で夫婦ゲンカをしないという夫婦の約束を辛うじて思い出した。泣いている妻の姿を子どもに見せるべきではないと、とっさに玄関へ急いだ。そして精一杯明るい声を作って息子に言った。

「今から買い物に行こう」

「えっ？」

戸惑う息子にたたみかける。

「キャプテンになったお祝いや。一緒にごちそう作ろか？」

すると、アキラは忽ち笑顔になった。

「やったあ！　体力つけなあかんし、鉄板焼きにしよう」

こうして、泣いている妻の姿を息子の目から逸らすことに成功したが、果たしてこれが正解だったのかどうかの自信はなかった。

アキラと二人でショッピングセンターで鉄板焼きの食材を買った。

買い物のレジ精算はアキラの仕事になっていた。マイが小学校低学年の時に数字の固まりを計算などで使うことが容易ではなく、足し算・引き算すべてが一の積み重ねで計算していた。五の固まり、十の固まり、五十の固まりを利用できないでいたので、レジ精算で財布を渡して、小銭の枚数が一番少なくなるようにという課題を与え、支払いをさせた。そろばんを習うと六を表すのに五の玉と一の玉を動かす。例えば、二百七十円の商品なら、千円札で支払うと最小で五百円玉一枚、百円二枚、十円三枚で計六枚のコインが返ってくる。百円三枚なら十円三枚戻ってくるので差し引きゼロになる。ところが百円三枚と十円二枚出せば五十円一枚が戻り、差し引きマイナス四枚になり、財布の小銭が減ることになる。このゲームをアキラはマイより引き継いで楽しそうに続けている。

ショッピングセンターで夕飯の食材を買って帰ると、程なく娘も帰ってきていたようで、笑い声を交えながら妻が娘と話をしていた。どうやら妻の機嫌もなおっていたので私はホッと肩の力を抜いた。

「お父さん、うちの陸上部は駅伝で優勝でけへんかったわ」

「残念やったなあ」

「市の大会は優勝が当たり前やと思うててんけど、そうはいかんねんなあ」

マイがそこまで自信を持って言い切れるのには理由がある。マイが中学校入学と同時に赴任してきた陸上部顧問の先生は、前の中学校でも実績のある人だった。指導は厳しく、この二年間で陸上部員が次々と入賞を重ねていっていた。

「マイも競技種目が変わったし、もっと練習せなあかん！　がんばらなあかんねん」

「そうやな、がんばりやー。今年こそ全国大会に行けたらええのになあ」

マイは陸上の三種競技Aをやっているが、去年とは種目を変更して、今年は「走り幅跳び」「砲丸投げ」「百メートルハードル」の三種競技Bに挑戦するようだ。

「筋力つけなあかんし、今日はお肉たっぷりの〝アッチッチ〟やで」

「お父さん、アキラにちゃんと料理の名前教えてあげんと私みたいに恥かくで」

「なんかあったんか？」

「ついこの間やけど、部活の時に『今日の夕飯は〝アッチッチ〟やから早う帰るわ』って友だちに言うたら、それはどんな料理っていうから説明したら、それは〝鉄板焼き〟っていう名前やて言われてん。もう、めっちゃ笑われたわ。アキラも外では絶対に〝アッチッチ〟なんて、言うたらあかんで」

口を尖らせて言うマイに、妻がくすくすと笑い出す。

「お姉ちゃん、アキラはちゃんと〝鉄板焼き〟って言うてんで」

「えーっ、そうなん！　アキラは知ってたん！　なんでマイにちゃんと教えてくれへんかったん。恥かいたやんか」

娘が大げさに両手を広げたので、妻は堪えきれなくなったのか大声で笑い出した。この時は子どもたちに助けられた。

食後はいつものようにアキラと風呂に入った。

「お父さん、お姉ちゃんが言うてたけど、お母さんは今日病院で検査やったたて言うてたで！どっか悪いんやろか？」

ちょっと心配そうにこちらを見ているアキラに言った。

「心配せんでもええ。どこか悪かったらお母さんはちゃんとみんなに言うてくれるはずや。後でお母さんに聞いとくわ」

自分の体のことで家族に心配かけまいと、黙って検査に行ってたんだろう。思慮なく責めた自分自身が情けなかった。体の疲れが取れない自分の体調不良を気にしていたが、妻も私と同じように歳を取っているのだ。これからは妻の体調も気にかけながら見守っていこうと思った。

春休みが明ければマイも中三になる。無邪気なようでいて、周りの人に気を使った話し方をすることも増えてきたように感じる。それにしても、他の家庭では娘が父親と会話をしない、などという話をよく耳にするが、我が家に関しては今のところそのような気配は全くない。娘の性格にもよるのかもしれないが、夫婦ゲンカは決して子どもに見せず、とにかく寛げる家庭をと心がけてきたことが幸いしているのかもしれない。

# 春休み

父が入院をしている間も、私たち家族の日常生活は続いていく。広告代理店に勤める私は、目まぐるしい忙しさの中で働いていたし、妻は家庭のこととパートできりきり舞い。子どもたちは子どもたちで、それなりに忙しく過ごしている。マイは中学の勉強と陸上に打ち込んでいるし、アキラは……。

アキラとミニバスとの出会いは、小学校低学年の頃にまでさかのぼる。もともとは姉のマイがミニバスのチームに入ったことから、アキラも姉についてバスケの練習場に出入りしていたのだ。コートの外でバスケのボールを触ったり、見よう見まねでドリブルの練習をしたりしていた。だから、アキラが四年生になった時にバスケをやりたいと言い出したのはごく自然な流れではあった。それまでにもサッカーなど他のスポーツも一通りやっていたが、親の目から見てもバスケとの相性が一番いいように思われた。そして、アキラ自身もバスケに夢中になったのである。

「お父さん、ぼくは六年になったらキャプテンになるわ」

四年生の終わりごろ、アキラと一緒に風呂に入っていると突然にそう宣言したのだった。私は驚いた。

もともとは目立つことが好きな子ではない。どちらかというと縁の下の力持ちタイプだと思っていた。それが、バスケ大好きとなったのでキャプテンをやりたいという意欲が湧いてきていたのには正直驚いた。もちろん私に反対する理由など皆無だ。私は水に濡れた手でガシッとアキラの肩を掴み、

「がんばりやー」

と、小学四年生のまだまだ線が細い体に両手をかけて力強く励ましたのだった。息子は同学年の子より体は大きなほうだが、肩など強く掴みすぎたら折れてしまいそうである。まだまだ、これからだ。バスケが彼の体をどんなふうに変えていくのか、それはそれで楽しみでもあった。

ところで、アキラが所属しているのは学外のクラブチームである。小学校の高学年になると、だいたいどこの小学校でも学内でのクラブ活動が始まる。学校で行われるクラブ活

動のほとんどは、週に一～二回程度の練習となっていることが多いようだ。子どもたちは野球やサッカーといった運動部か、書道や美術といった文化系のクラブ活動を体験する。中学校や高校のスポーツ競技は学校教育の一貫と位置づけられており、それぞれ日本中学校体育連盟や全国高等学校体育連盟が運営・管理を行って、全国大会なども開催される。しかし、小学校の部活動は、親の目から見ると中学校で始まる部活動の練習的な位置づけのようにみえる。

いっぽう小学生でも本気でスポーツを楽しみたい子どもたちは、野球やサッカー、バレーボールなどは地域のスポーツ少年団やクラブチームに所属することが多い。

ミニバスは小学校のクラブ活動とは切り離された活動で、クラブ組織として運営されている。日本バスケットボール協会にミニバスのクラブとして登録し、地域で活動が行われている。ただし、活動拠点として地域の小学校を使用することが多いので、小学校の先生がコーチをされていることが多い。

アキラがミニバスを始める前には、ミニバスのチーム編成は基本的に小学校ごとのチームでメンバーを構成することという決まりがあった。今は少子化が進んだためにこの決まりは撤廃され、数校が合同でチームを編成するスタイルに変わってきているが、アキラの所属しているチームは、なぎさ小学校に通う生徒だけで構成されていた。

ちなみに大阪府の場合、大阪市を四つの地域に分け、府下も四地域に分けて地区予選が行われている。各地域での大会や西日本大会、サマーキャンプといった試合機会も多く、小学生のスポーツとしては活況を呈している部類にあたる。

ミニバスの試合時間は、一クォーター六分×四クォーター制で行われる。三クォーターまでに十人以上の選手が出場し、一人十二分以上は出場できない、三クォーター連続で出場できないというミニバス独自のルールがある。各クォーターとも五人の選手が出場するが、一人の選手が出られるのは最大三クォーターまで。このルールに基づき、四クォーターを十人以上の選手でやり繰りするのが、普通のバスケットボールと大きく異なる点である。

たいていの場合、チームのベストメンバーが先発として五人選ばれる。この五人が三クォーター出るケースがほとんどである。ベストメンバー以外の残りの五人はいわば控えメンバーの扱いとなる。

ベストメンバーをA、控えメンバーをBとすると、次のようなパターンが考えられる。

〈パターン1〉

第一クォーター　A1・A2・A3・A4・A5
第二クォーター　A1・A2・A3・B1・B2
第三クォーター　A1・A2・A3・A4・A5
第四クォーター　A1・A2・A3・A4・A5

〈パターン2〉
第一クォーター　A1・A2・A3・A4・A5
第二クォーター　A1・A2・A3・A4・A5
第三クォーター　B1・B2・B3・B4・B5
第四クォーター　A1・A2・A3・A4・A5

パターン2のベストメンバー三回・控えメンバー一回での戦い方は、控えメンバーだけで構成された第三クォーターの戦力が極端に落ちることになり、得点・失点が予想できないものになる。それ故、多くのチームがパターン1のチーム編成を採用して戦っている。

ミニバスが面白いのは、この十人で試合をするというところにある。ベストメンバーがいかに強くても、控えメンバーが弱ければ試合に勝つことは難しい。そのため練習や試合を通じてコーチの力量が大きく問われることとなる。

五年生になったアキラは、控えメンバーの選手として一クォーターの出場機会を自ら掴み取っていたのである。この頃から私は妻とともに土日は都合をつけて、練習や試合を見に行くようになっていた。

練習を見学していて感じたのは、アキラがお世話になっているコーチはとても優れた指導者だということだった。バスケの基本技術をわかり易く子どもに伝えることができ、ゲームメイクにおいては戦略性の高い戦術を用いている。ミニバスの指導者は学校の先生が多いが、アキラのコーチは社会人でボランティアとして指導にあたってくれている。時には厳しい指導も入るが、子どもの心と体を育てるという意味では、非常に懐の広い男性で、私たち保護者も絶大な信頼を寄せていた。

子どもにスポーツをさせる上で、見逃されがちだが大切なポイントがある。それは、信頼できる指導者に恵まれるかどうかだ。指導者に必要とされることは、選手の技術面や体力、精神力の強化、チームの作り方と、チームスポーツにはじつにさまざまな要素がある。まだ体が十分に育ちきっていない小学生スポーツにおいては、体に負担がかかり過ぎない指導が求められる。更に、スポーツも学習と同じですぐに結果が表れるものではない。そうしたことも考慮した上で、我が子を安心して預けられる指導者に出会えるというのは、簡単なことではないようだ。その点、アキラのコーチは子どもたちの力をうまく引き出して導いてくれている。

実際にミニバスの試合を見たことのある人なら、試合中のコーチの精力的な動きに驚かれたことだろう。メンバーが小学生ということもあり、ベンチの前に立って常に指示を出し続けている。大人のバスケットボールにおいても、コーチが試合中に〝活〟を入れる姿を目にすることがあるが、試合中のコート外で一緒に走り回りながら指示を出しているように見えるのは、ミニバスならではかもしれない。いわば、十人の選手とコーチを合わせて十一人が一丸となって戦っているのがミニバスなのである。

子どもたちは生まれた地域の環境に大きく左右される。身近な所にチャンスの扉がなければトライするにもできない。マイがミニバスで活躍し強豪チームとして名を轟かせた時、中学校でもバスケを続け全中（全国中学校バスケットボール大会）まで行くことを願ったが、マイが進学する中学校には女子バスケ部がなかった。バスケをしようにもバスケ部がない。中学校の先生の員数は限られていて、バスケを指導する先生がいないという理由だけで続けることができない。進学先を選択できない公立中学校の先生の事情だけが優先され、子どもたちの希望が叶えられないことがある。サッカーや野球には学校の部活から離れたクラブチームとして全国大会などがある。このように学校体育の部活だけでしかスポーツができないのではなく、すべてのスポーツ競技が地域のスポーツクラブで続けられるようになればこんな不満は解消される。

いよいよ春休みに入ると、アキラたちのミニバスも、新体制におけるチーム編成が徐々に明らかになってきた。コーチは事あるごとに、「今年は全国大会に出場する」と公言している。アキラたちの学年はそれを可能にする選手が揃っていると、私も密かに期待をしていたのである。

なぎさ小学校のミニバスは、男子と女子それぞれチームがある。男子は七年前に全国大会に初出場を果たしているが、それ以降は大阪府の大会で準優勝とベスト四を繰り返し、全国大会には進めないでいた。それだけに今年にかけるコーチの熱も理解できる。

アキラがキャプテンになって初めての練習中に、コーチの構想を聞かせてもらった。

今年の選手は六年生八人、五年生一人、四年生五人の計十四人で、オフェンスはマサキ、ディフェンスがアキラという二枚看板を含めて、去年五年生だった時に試合の経験がある選手、

①番トモタロウ（百四十センチ）
②番アキラ（百五十二センチ）
③番マサキ（百五十二センチ）
④番トモ（百五十五センチ）
⑤番ケンジ（百六十センチ）

の五人が残っている。彼らは、全員、割れの選手として試合に出た経験がある。近畿大会にも出場を果たしている。それに加えて、一月からチームに加わった双子の兄弟に実力がついてくれば、強いチームになるというコーチの見立てであった。双子が、

③番カズ（百五十センチ）
③番ヒサ（百五十センチ）

そして、五年生から続けている、

②番タケル（百三十八センチ）

の八人が六年生だ。

なお、名前の前についている番号は、試合の際のポジションを示している。
バスケのオフェンスは、バスケットリングの真正面センターライン近くに①番、この①

番とリングを結ぶ直線から左右斜め四十五度の両サイドにそれぞれ②番と③番。そして②番と③番からエンドライン側に④番と⑤番がポジションを取る。

それぞれのポジションに適した能力とは以下の通りである。

①番　ゲームを支配でき、攻撃的かつ速さがある選手。身長の高低は重要ではないが、どちらかというと背の低い選手が多い。
②番　得点力があり、速さが求められる。身長が低くシュートが上手い選手が多いが、①の能力および③のパフォーマンスを兼ね備えている必要がある。
③番　身長が必要なポジション。ドライブインができシュートが打てる。リバウンドも求められる。攻撃だけでなく第三のリバウンダーである。
④番　身長が高く、③と同様の能力が求められ、かつ⑤番の仕事もこなす。
⑤番　最も身長が高い選手が望まれる。攻守でリバウンドが求められ、攻撃の起点でありシュート力も必要。

コーチは、選手のポジションについての説明を終えると、次に練習の大枠を説明してくれた。

「夏休みが終わるまでは一対一の練習を徹底的にやります。これと同時に練習試合も数多くこなして実践の中で育てていこうと思っています」

ミニバスの指導の難しさは、指導できる期間が短いという点にもある。というのも、中学校や高校は三年かけて選手やチームを育てればよいが、ミニバスの選手育成期間は六年生のわずか一年しかない。春にチームを作り秋にはブロック大会、正月前に全国大会予選が始まるので四月から十二月までの正味九カ月しかない。

「一年で選手を育ててチームを作らないといけない。それに小学校六年生の男子は急に成長したり、体ができていなかったりするのでケガや故障といった心配もあります」

昨年一年間、練習を見ている時でも、跳んだり走ったりという基礎ドリルの練習中に膝の痛みを訴える子どもがいたり、風通しが悪い体育館でうまく発汗できず動けなくなってしまう子どもがいた。

「ケガや故障を避けるためにも、できるだけ多くの保護者の方に練習に参加していただき、子どもの健康管理についてもぜひ一緒に考えていきながら、練習ドリルをこなしていきたいと思っています」

コーチはそう話を締めくくると練習している生徒のほうに走っていった。

その日の練習後、アキラは珍しく自室に閉じこもっていた。夕飯が終わると、アキラは得意そうに私に一冊のノートを見せてきた。開いてみると、チームの各選手の特徴などがまとめられていた。アキラはミニバスを始めた時から日記のようにバスケノートなるものをつけていて、その日の練習メニューや反省点、よかった点などを細かくメモしていた。そこには、新キャプテンとしてチームメンバーにも目配りしようという意識が芽生えていた。

アキラ………キャプテン。バスケが好きという以外にはとくに特長がない。

マサキ………チームで一番得点を取れるポイントゲッター。ドリブルやパスなどをボールカットされると絶対取り返すという根性がある。強気だけど気分にムラがある。新しい練習ドリルもすぐにできるようになる。

ケンジ………センターとして少し身長が低めだけど、リバウンドをがんばっている。優しい性格で弟たちの面倒見がよい。相手チームの選手にも優しい。相　手が嫌がることを絶対にしない。そこが弱点でもある。

トモタタロウ…四年生からミニバスをしている。試合中の視野が広い。学校の成績もいい。トモタロウのお父さんとお母さんは、試合の時にいつも車を出してくれる。

トモ…………チーム一のしゅん足。ディフェンスをがんばってボールを奪う。攻撃する時、相手コートのリングの下にはいつもトモが立っている。弱点はテレビゲームが好きなこと。ゲームのやりすぎで寝不足になっている時がある。

カズ&ヒサ……双子で顔がそっくり。ソフトボールとかけもちしているが、ソフトではレギュラー。他にスイミングや英会話も習っている。

タケル…………おとなしい性格。健康のためにミニバスをはじめたらしい。

ハジメ…………チームただ一人の五年生。幼稚園から剣道を習っていて、今も続けている。


こうしてメンバーの特長や性格をまとめた次のページには、

「最強&最高のメンバーで、全国大会出場を目指す!」

と、力強く太字で書きなぐってあった。

一通り目を通した私は何かを言わずにはいられなかった。

「アキラ、自分のところに特長ないって書いてあるだけやん……なんかあるやろ」

「えーっ、自分のことは自分ではようわかれへん」

「ほな、お父さんが言うたるから、追加で書いとき。まず、アキラはディフェンスをがんばっている。それから、チームで一番一生懸命に練習する。後は自分のことよりチームや友だちのことを大切にしている」

私がアキラのいい点をつらつらと述べると、アキラは少しはにかみながら首を傾けた。

「まだまだあるで。もっと言おうか?」

「もうええわ。お父さん、なんか恥ずかしなってきた」

アキラはノートを引っ掴んで自分の部屋へと駆け込んでいった。私は苦笑しながらその後ろ姿を見送った。

アキラには言えなかったが、彼の最大の特長は素直であるということだ。コーチに言われた練習は必ずきっちりとこなす。苦手なことでも嫌がる素振りを見せたり、手抜きをすることはない。これは、おそらく生まれついての性格なのだと思う。姉のマイもそうだが、二人とも今のところ親や周囲に反抗的な態度を見せたことがない。この先もう少し成長したらまた変わってくるのかもしれないが、親としては素直な性格が誇らしくもあり、社会に出た時に不利に働くのではないかと余計な心配もしてしまうのである。

# なぎさの安西先生

数日後、私はミニバスの練習を見学しに行った。三月も下旬になると海からの風が和らいできて暖かく感じられた。春休みに入った子どもたちがあちこちの公園で賑やかな声を上げげて遊んでいる。

体育館に入ると、突然にコーチの大きな声が響き渡った。

「集合!」

ちょうど練習前のストレッチが終わったタイミングのようだ。子どもたちがわらわらとコーチのもとへ駆け寄った。練習に先立って行われるストレッチは、なぎさ小学校の大切なルーティンだ。三十分くらい時間をかけてじっくりと行われる。しかも、コーチは号令をかけてやらせているだけではなく、生徒たちの手足を取り、筋肉の意識の仕方や呼吸のタイミングなどを丁寧に指導してくれる。生徒たちはストレッチの動き一つひとつに意味があることを理解できるし、コーチも生徒たちの成長具合をしっかりと確認しているようだ。

「春休みの二週間はボールと徹底的に仲良くなろう！　まずはドリブルの練習や。一人一つボールを取ってきなさい」

生徒たちは我先にとボールゲージに駆け寄ると、各々ボールを手に先ほどの位置に戻ってきた。

「足を肩幅に広げて左足は少し前に出す。それから右手で真下にボールを掴むように強く押し出して突く。早く突く、もっと早く、もっと早く！」

コーチの声が熱を帯びて大きくなるのに重なるように、子どもたちが突くボールのダン、ダン、ダンという音も体育館に大きく響いてくる。ドリブルを器用にこなす子、リズム感がないように突いている子、ボールに手が追いつかない子など、ドリブル一つとってもスキルに差がある。

次はポジションを変えてドリブルを行う。体の前で突いてみたり後ろで突いたり、動きを交えて八の字を描くように四点でボールを突く練習を左右交互に繰り返した。

続いて、コートのエンドラインから反対側のエンドラインまでドリブルを突きながら移動する練習だ。一直線に速く走ったりジグザグに走ったり、コーンを並べて縫うようにドリブルをするなどして次々と練習ドリルをこなしていく。子どもたちの表情はみな真剣だが、中にはボールが手につかない子、方向転換する際に体重移動ができないために左右に機敏な動きができない子などもいる。このようにさまざまな動きをさせることで子どもたち一人ひとりの課題が浮き彫りとなるのだ。

「集合！」

コーチの大きな声が体育館に響くと子どもたちはさっとコーチの前に整列する。練習が始まって一時間近く経ったが、どの子もよく集中しているようである。

「次は、一対一でドリブルの練習や」

子どもたちは二人一組となり、オフェンスとディフェンスを交互に行いながら、ドリブルで相手を抜き去る練習を始めた。アキラはチーム一のポイントゲッターであるマサキとペアを組んでいる。機敏な動きで相手の攻めを柔軟に防ぐアキラと、勝ち気で常に攻めにいく姿勢を見せるマサキの攻防は見応えがある。サークル内でのボールの取り合いでは、アキラが完全にマサキの動きを封じていた。なかなか抜け切れないマサキが、徐々にいらいらしはじめるのが見て取れる。いっぽうのアキラは冷静さを保ったまま淡々とマサキの動きを制していた。コーチが想定しているポジションに二人の性格がよく合致していると思う。オフェンスの選手は何より攻めるという強気の精神が大切だし、ディフェンスの選手は相手の動きを読み、邪魔する冷静さが大切である。

マサキとアキラが二人で一対一ドリルをこなすことで、互いの短所を補い合い長所を伸ばし合うことができるのではないか、そんな期待が高まる。

一対一の練習が終わると、そこでようやく休憩の声がかかった。

「よーし、なかなかよかった。みんなしっかり水分を取れよ」

コーチの指示に子どもたちはそれぞれ持参している水筒を口にして額の汗をタオルで拭う子もいた。コーチは、見学している保護者のところに歩いてくると、私に対してシステム手帳を広げながら見せてくれた。

「毎年、このスケジュールで練習しています。夏までは個人の体力アップと、ドリブル、パス、シュートの練習。それに加えて一対一がどれだけ強くできるか、これだけを主眼に練習します。夏が過ぎればゾーンディフェンスと二～三のフォーメーションを教えます」

「毎年、このスケジュール通りにいきますか？」

私が質問すると、コーチは破顔一笑した。

「鋭い質問ですね。お話したスケジュールは毎年のように変更せざるを得ません。というのも、子どもたちの体力と技術の成長がいつも僕の予想を超えてくるんです。ですから、基本のスケジュールは決めていても、途中で変更して柔軟に対応できるよう心づもりはしています」

　ここのところ、アキラも急に体が大きくなりはじめたところだ。チームメイトの中には、成長痛で膝の痛みを訴える子どももいた。私が小さく頷いていると、コーチは声を潜めた。

「ここだけの話なんですが、その年の保護者さんによって練習内容が変わってしまうこともあるんですわ」

「それはどういうことですか？」

　コーチは小さく首を振りながら困り顔で言う。

「こういうクラブの場合は、練習のお手伝いや試合会場への子どもたちの送迎と、親御さんの協力が不可欠です。熱心にご協力いただけることはホントにありがたいことなんですが、中にはチームの方針にあれやこれやと口を出される親御さんもいるんです。とくにご自分がバスケの経験者だったりすると、ついいろいろ言いたくなってしまいはるんでしょうなあ」

「コーチとしてはやりづらいですよね」

「そうなんです。過去には他の親御さんまで巻き込んで、チームの編成を変えようと意見したり、私のやり方に不満を持たれて思うように基礎練習に時間を割けなかったりということもありました。こっそりと『どうしてうちの子が試合に出られないんですか。あの子よりうちの子のほうがうまいと思います』と言ってこられる方もいますしね」

　雑談の体をとりながらコーチは暗にキャプテンの親である私に、他の親たちの対応への協力を促しているのかもしれない。そう悟った私は大きく頷いた。

「以前コーチに言いましたが、アキラはこのチームで全国大会に出ると言っています。私としてはコーチがやり易いようにやっていただくのが一番だと思っています。私もできることはなんでも協力します。何か問題があったら、その都度おっしゃってください」

「ありがとうございます。よろしくお願いします」

　コーチはそう言って深々と頭を下げた。休憩時間が終わるとコーチが再び子どもたちを呼び寄せる。

「集合！」

　ふざけ合っていた二〜三人の生徒が少し遅れて駆け寄った。コーチは鋭い声で一喝した。

「ダラダラすんな！　返事は」

「はい！」

　子どもたちは背筋をシャンと伸ばして緊張感のある返事を返す。コーチは大きく頷くと、それ以上子どもたちを責めることなく冷静に次の指示を出した。

「二人一組でパスの練習をする」

こういうところも私がこのコーチを信頼している所以だ。感情的に怒るのではなく、きちんと叱ることができる指導者というのは意外に少ない。

先ほどのコーチの一喝が効いているのか、休憩直後にもかかわらず、ピリッとした空気の中で子どもたちはチェストパスの練習を始めた。チェストパスから、ワンハンドパス、バウンズパス、ショルダーパスと徐々にパスを受け渡しする生徒たちの距離は遠のいていく。力の弱い子のショルダーパスは、なかなかノーバウンドで届かない。それでも、なんとか少しでも遠くへ投げようと懸命にがんばっている姿を見ていると、思わず、「がんばれ」と、応援に力が入る。運動はできるに越したことはないが、勉強と同じでやはり持って生まれた才能や体が大きくモノをいう。チームとしては全員が一つの目標に向かって進むが、一人ひとりスタートが違うのだからゴールも違って当然なのだと思う。昨日より少しでも遠くに、より正確に、あるいはぐっと速く投げられるようになればそれでいいのだ。

コーチもそれを実践するかのように一人ひとりの生徒に投げるときの体勢や、足の使い方などを丁寧に教えていた。できるようになるまで根気よく教え込んでいる姿に頭が下がる。

続けざまにハーフコートでスクエアパス、エンドラインとサイドラインの四角で起点を設けてパスの受け渡しをするパス&ランの練習が始まった。これは、「もらい足」といってパスを受けるときに片足のつま先をどの方向に向けているかを意識させる練習にもなる。つま先を向ける方向によって、次の体勢に無理なく移行していけるのだ。パスを受けてから次にドリブルをするのか、誰かにパスを通すのか、それともシュートの動作に入るのかなど多様な選択肢があるが、これらは受けるときの体勢がすでに鍵を握っている。「もらい足」を意識させるというのは、なぎさ小学校における特長的な練習メニューの一つでもある。

オールコートを使って、対面でエンドラインから反対側のエンドラインまで、走りながらのパス練習を行う頃には、さすがの子どもたちにも疲労感が漂っていた。中には肩で大きく息をしている子どももいる。しかし、練習はまだ終わらない。得点のためには欠かせないシュートの練習が残っていた。さまざまなシュートをいろいろな角度から放つ練習を行ってようやく二度目の休憩となった。

子どもたちは散らばって体育館に座り込み水筒を口にしたり、友だちとしゃべったりしている。しかし、その間もコーチは休まない。この頃になると見学の保護者の数もぐっと増えていた。コーチは休憩時間を使って、保護者と次々にコミュニケーションを取っていた。我が子の様子をコーチの口から直接聞くことで安心する保護者も多いようだ。

休憩時間が終わるとコーチは傍らにいたアキラに集合をかけさせた。アキラは目を輝か

せると、

「集合！」

と叫ぶ。キャプテンとして任されたことに喜びを感じている様子だ。みんなが集まると、コーチは鷹揚に微笑みつつ言った。

「今日はお父さんやお母さんがたくさん見にきてくれてはるんで今から試合をする。キャプテン、試合の準備を頼むわ」

子どもたちは、はしゃいだり、「やったあ」と小さくガッツポーズを作って喜びを露わにした。やはりスポーツの醍醐味は戦ってこそである。そのためにここまでの地道な練習があるのだ。子どもたちはバタバタと用具室からゼッケンやタイマーを持ち出してきた。

この紅白戦の試合中にちょっとした出来事があった。ボールを持った四年生が、ゴール下で待ち構えている味方にパスすることなく自分でシュートを打った。しかし、ボールはあえなくゴール板に跳ね返された。試合中にもかかわらず味方の選手が声を荒げた。

「四年のチビ、おまえパスしろって！」

試合は止まることなく動いている。リバウンドを取った相手チームが、その隙にロングパスを通して軽々とゴールを決めていた。パスしてもらえなかった選手が悔しそうに四年生に向かって、

「ちくしょーっ！　お前のせいで負けたんやぞ」

と叫んだ。その試合が終わると、コーチはその選手を呼んで何事か二人で話をしていた。彼は悔しげな表情を崩さずにコーチの足元の床を睨みつけている。その時だった、アキラが隅のほうでボールを抱えたまま所在なげに立っていた四年生のところへ歩み寄った。アキラは四年生をリングから少し離れたあたりまで連れていくと、自分がディフェンス役をして四年生にシュートを投げさせようとした。四年生はキャプテンが自分のために時間を使ってくれることが嬉しかったようで、喜々としてシュートの練習を始めた。アキラはうまくディフェンスの距離をゆるめて、四年生にシュートを打たせるよう工夫をしていた。何度か惜しいシュートがあったが、結局四年生はシュートを一度も決めることはできなかった。しかし、練習を終えた四年生の表情は明るかった。アキラはボールを抱えて嬉しそうに見上げる四年生の頭をポンポンと撫でた。

コートの中では子どもたちのいろいろな思惑が交錯する。悔しい思いや惨めな思いをすることもある。他のプレーヤーに嫉妬することもある。それもまたスポーツの一面なのだ。

アキラたちのチームは六年生の選手が多い。それは、戦力の充実という面からみればメリットなのだが、同い年同士となるとやはりライバル心も芽生えやすい。それがいい方向に向けばいいのだが……。これからアキラはキャプテンとして難しい舵取りをしなければならないことになるかもしれない。

（がんばれよ）

四月に入った。あちこちで桜の花がちらほらと咲き始め、春の陽気に誘われた人々がのんびりと花の下をそぞろ歩きしている。私は妻と一緒に立ち並ぶマンションの所々にある桜を見上げながら、アキラが練習をしているなぎさ小学校の体育館へと向かっていた。今日は、練習後にミニバスの保護者会が行われることになっていた。

練習が終わり保護者会が始まった。アキラたちのコーチの隣には、昨年までなぎさ小学校の先生をしていた女子チームのコーチが立っていた。

「先生は今年他の小学校へ異動されたのですが、なんとか頼み込んで一年だけ、女子チームを指導していただけることになりました。今年も私と先生の二人で協力しながら、ミニバスのチームを指導していきます。よろしくお願いします」

今日は年度始めの保護者会とあって、初めて練習を見にきた顔馴染みのない保護者もちらほらと見受けられた。コーチはそうした保護者のためにミニバスの活動について説明を始めた。傷害保険への加入や年会費、さらに学外での試合の際にかかる費用などの説明が行われた。すると一人の保護者から質問が飛んだ。

「年会費の五千円は何に使われるんですか？」

「お手元に配っている昨年の会計報告をご覧ください。日本バスケットボール協会へのミニバスチームとしての登録料や、傷害保険、残りが交通費です」

その後、会計役の指名や連絡網についての説明があり、後は男子と女子に分かれて、指導方針などの説明を受けることになった。

「今年は去年から引き続き残っている選手も多く、全国大会に行けるチームになると思っています。そのため、時には厳しい指導を行うことがあるかもしれません。とはいっても、保護者からの要望でミニバスをリクリエーションの延長として、ゆるい指導のままに楽しいだけの一年を過ごすこともできます。私としてはどちらの方向でも指導を行うことは可能です」

コーチはそこで言葉を切って保護者の顔を見渡し、真剣な表情で語りかけた。

「しかし、今年の選手たちは全国を目指せる選手が揃っています。バスケに限らず、自分の限界を突破した先にしか見えない風景があります。それはこの先、子どもたちにとっての揺るぎない自信となり、がんばった経験は他に代えがたい財産ともなるはずです。才能が集まった今年だからこそ、私は厳しい練習を重ねて全国大会へと連れていってやりたいと考えています。どうか私を信じて子どもたちを預けていただけないでしょうか」

すると突然、一人の母親が声を張り上げた。

「先生！　うちんとこの息子は、張り飛ばしてでも蹴飛ばしてでも、うまくしてやってください。先生のおっしゃるように全国大会にぜひ連れていってやってください！」

マサキの母親だった。ちょっと濃いめのアイラインをひいた鋭い目で、他の保護者を見据えながら力強く鼓舞するように言い切った。

「みなさんも、一緒に全国大会に行きましょう！」

反応はさまざまだった。上気した表情で同調するように頷く母親がいたり、首を傾げる父親がいたり、左右をちらちらと見て他者の反応を窺う者がいれば、目が合わないように俯く者、上を見て腕組みをする人など、さまざまだった。

するとメガネをかけ髪を後ろで一つにくくった女性がおどおどと声を上げた。

「あのー、うちのタケルは体が弱くて、健康のためにミニバスを始めさせたんです。精神的にも強いほうだとは言えません。厳しい指導に耐えられるかどうか……」

「そういうことは十分に配慮します。じつは、私の息子が四年生におります。ですから、私もみなさんと同じ保護者の一人でもあるんです。そういう思いで子どもたちをお預かりしたいと思っています。他に何か質問はありませんか？」

練習のスケジュールや、他の習い事との兼ね合いについての質問が出たが、ほとんどの保護者が五年生からの持ち上がりだったので、おおよそのことは理解しているようで程なく質問も出なくなった。コーチはほっと肩を落として話しはじめた。

「それでは最後に私のほうから報告させていただきます。今年のキャプテンはアキラ、副キャプテンはマサキです。保護者の中でご自身もバスケの経験があるアキラのお父さんには、去年から練習のお手伝いをしていただいていますが、今年も引き続きお願いしたいと思っています。それから、今年度の会計はトモタロウのお父さんにお願いしました。ＰＴＡ会長との兼任で大変だと思いますがひとつよろしくお願いします。もう一度言いますが、今年は全国大会を目指してがんばっていきます。どうか保護者の皆さんのご協力をよろしくお願いします！」

最後にコーチは再び目標を掲げ、深々と頭を下げて保護者会を締めくくった。

すっかり日が暮れた帰り道を歩きながら私は妻に静かに話しかけた。

「なあ、コーチも大変やな。ミニバスで全国行くのに一番の敵は保護者やで！　保護者に対してあんなに気を使わんとあかんやなんて、僕やったら、めったに応援にも来ない保護者にごちゃごちゃ言われたらやる気なくすわ」

するとと妻が私を窘めた。

「そんなこと他の親御さんには言わんといてや。アキラがキャプテンに選ばれたことかて、やっかむ人がいるかもしれへんのやから」

「わかってるって。僕は今日の保護者会で決意したんや。コーチのためにもアキラのためにも、今年一年は裏方に徹して全国大会へ行けるように応援するってな」

私は努めて明るい声でそう答えたが、妻はまたも押し黙った。最近はこういう会話のパターンが増えているような気がする。何が妻を不機嫌にさせるきっかけとなるのか、私には見当もつかない。昔は隣に並んで歩いて、時折私の顔を見上げて微笑んでくれていたのに。私たち夫婦はどこかでボタンを掛け違えたのだろうか。


昨日、父の病院に一人で見舞いに行くと、たまたま姉も来ていた。そこで、最近の夫婦関係についてさりげなく相談してみたところ、

「それは、あれやで。もしかしたら更年期かもしれへん」

姉がそんなことを言い出したのだ。

「私はまだやけど、早い人は三十代後半からしんどくなるらしいよ。とにかく体も心もしんどいらしいわ。しんどいけど、ご飯作らなあかん。夫に言うても理解してもらわれへん。人によっては鬱っぽい症状になることもあるんやてえ」

「ふうーん、そうなんや。僕は病院に来て、お父さんに話しかけても返事が返ってけえへんことがほとんどやん。それに打ちのめされて家に帰って、奥さんがまた返事してくれへん。なんか一人で空回りしてるみたいで哀しなんねんな」

「まあ、人はみんな孤独や。仲が良さそうな夫婦でもお互いに考えてることなんてわかれへんからな」

「お姉ちゃんとこはどうなん？」

「うちなあ。まあ、だんながあんな人やから白黒がはっきりしててわかり易い。そうやから楽かもしれへんな。せやけど、うちはその分子どもの反抗期がきつかったな。六年生になった息子が急に『オカンは授業参観に来たらあかん』とか言い出して、それまでかわいい声で『お母さん』って言うてたのに急に『オカン』やで。中学生になったら返事すらせーへんようになった。その点、恵ちゃんとこはアキラもマイも素直で反抗的なとこ全くないやん」

「せやな。どこの家族もベストではないけど、ワーストでもないんかもしれへんな」

「そうやで。なぁ、お父さん」

急に父に向かって同意を求めた姉を父はいつものように、ただじっと見返していた。

そんなことを思い出しながら、満開まで少し時間がかかる桜の花の下を言葉少なく妻と二人で歩いていた。

## はじめての試合

ゴールデンウィークを間近に控えた四月最後の日曜日に、兵庫県伊丹市が主催する「グリーンカップ」という大会が開催された。なぎさ小学校のミニバスチームは、新チームとして初めて公式試合に臨むことになった。

その日の朝のこと。妻の声がリビングに響く。

「アキラっ、靴下が一足しか入ってへん。二足入れなさいって言うてたやろ。もう、タオルも入ってないやん」

アキラが詰め終えたばかりのバッグの中身を妻が確認し、足りない物を入れ直していく。

「早よ食べな、集合に遅れるで」

アキラはそう声をかけられて、左手におにぎりを持ちながらうどんをすすっていた。

あれは五年生の試合当日だったたか、緊張しているのか一向に食の進まないアキラの様子を見かねた妻が、彼の好物であるうどんを作って出したところ、喜んで食べたということがあった。それ以来、アキラは試合の日の朝食はうどんとおにぎりを食べるようになったのである。コーチからも、試合の日は炭水化物を多く摂らせるようにと言われているので、このメニューは理にかなっていることにもなる。

「お父さんは先に車で集合場所に行っとくわ。アキラも早よおいでや」

うどんをすすっているアキラにそう声をかけ、私は一足先に家を出て車を集合場所へと移動させた。すでに子どもたちが数人、やや緊張した面持ちで集まっていた。四年生はまだ自分たちの試合という意識がないのか普段通りの表情だ。二〜三人が固まって、互いに体をくすぐったりしてじゃれ合っている。見送りに来た保護者が、車で送迎をする保護者に対して、

「よろしくお願いします」

と、頭を下げている。

昨晩の連絡網で会計のトモタロウのお父さんより

「子どもに三百円を持たせて集合させてください」

と、あった。今日の試合に車で送迎する保護者に高速代を渡す金額を頭割りした額である。トモタロウのお父さんが子どもや保護者から集めたお金を送迎する保護者に手渡

している。

集合時間になり、選手が揃ったところで数台の車に分乗させて伊丹市へ向かって車を走らせた。

大阪府からなぎさ小学校を含めて二チーム、兵庫県からは伊丹市を中心とした有力校六チームの計八チームが参加してトーナメントで争われる。この大会で優勝するには三試合勝てばいいということになる。体育館の中にはバスケットコートが二面用意されていた。二試合を同時に行うことができ、男子、女子と交互に試合が行われる。

なぎさ小学校の選手たちは試合用のユニフォームに着替えると、会場のピロティでゆっくりとストレッチを始めた。コーチはいつもの練習の時と同じように選手の間を廻りながら、体調に異変がないか調子はどうかと子どもたちのコンディションを見極めている。その様子を見て私は大丈夫だと安心した。子どもたちは送迎の車の中で互いに話をしたり、景色を見たりしてリラックスしたのか、朝に比べてずいぶん落ち着いているように見えた。

私は隣で見ている妻に、

「なんか、なぎさ小学校のチームは、強豪校か、って言うぐらいに落ち着いてんな」

と話しかけると、妻は、

「うん、普段通りとちゃう」

と、機嫌よく声を返してきた。試合前ということで妻もいつになくわくわくしている様子だ。

子どもたちはストレッチを終えると、体育館の周囲を軽くランニングしながら試合に備えていた。一試合目が終わり、いよいよアキラたちのチームの出番である。一試合目の相手チームは地元の伊丹小学校であった。コーチの指示もかすむほどに相手の応援がすごくて、こちらにしてみれば完全なアウェーである。デビュー戦でいきなりの熱い声援を送る観客席とも戦わなければいけなくなった。

ところが、私のそんな心配は全くの杞憂であった。

いざ試合が始まってみると、いつも通りマサキは抜群のフットワークで相手ディフェンスを器用に掻き分けてシュートを決めていく。アキラはタイミングよく相手からボールを奪ってワンドリブルでフリースローライン付近からシュートを決める。トモは誰もいない相手コートへ走り込みパスを受けてすかさずシュートを放つ。ガードのトモタロウは試合をうまくコントロールしている。双子のカズとヒサは休むことなく勤勉にコートを駆け巡りつつ、ボールカットしたりシュートを決めていく。ケンジは高身長を活かしてリバウンドを取り続けた。

こんなに強いチームだったのかと目からうろこが落ちる思いだった。練習通りの試合展開がかえって不安に感じるほどだ。一回戦は圧倒的な強さでなぎさ小学校が勝利した。子どもたちは案外落ち着いた態度で、チームメイト同士ハイタッチをして喜びを表していた。応援団の数では圧倒的に不利だったが、試合に勝ったことでなぎさ小学校の保護者たちの表情も晴れやかである。

「アキラがんばってたな。スタメンで試合に出てる時間が長いと、やっぱり見応えあるな」

と、妻のほうから話しかけてきた。私は、「そうやな」と応えながら、自分が試合に出て勝ったような気分になっていた。

お祭り気分の応援団にひきかえ、コーチだけが次の試合を見据えて気を引き締めたままだった。

「第二試合の社小学校には背が高くてうまい子が一人いる。この選手を徹底的にマークすれば勝てる。昼食は軽めに取ってウォーミングアップしておくように」

コーチの指示に、子どもたちも、

「はい!」

と、元気いっぱいに答えていた。スポーツをするものにとって勝利以上の醍醐味はないと思う。たとえそれが子どもであっても同じことである。

子どもたちは全員で固まって屋外の木かげで弁当を広げた。その間に親たちは試合で着用していたユニフォームを脱がせて、小型の物干しにかけ日向に干した。子どもたちが次の試合も気分よく戦えるようにこのような細々したサポートも欠かせない。

すぐに次の試合の開始時間となった。コーチが手短に作戦を子どもたちに伝える。

「試合は、『ベスト』、『割れ』、『割れ』、『ベスト』でいく。相手チームの四番を徹底マークや、よし、行け！」

コーチの「行け！」という号令と同時にベストの子どもたち五人が弾むようにコート中央へ飛び出していった。

「ベスト」とはいわゆる最強メンバーである。いっぽう「割れ」というのは最強メンバーと控えメンバーを組み合わせて編成されたものである。これはミニバスならではというべきで、一人の選手が三クォーターしか出場できない、十人以上の選手が三クォーターまでには出場するというルールに対応した編成なのである。小学生の体力や、一人でも多くの生徒に出場機会を与えるという考えのもとに、こうしたルールが定められていると思われる。

ホイッスルが吹かれた。センターサークルでケンジと相手チームの四番の選手が向かい合った。事前の情報の通り相手の四番は、なぎさ小学校チームでもっとも背が高いケンジよりも十センチ以上も背が高い。百七十センチ以上はゆうにあり、小学生とは思えない体つきだ。試合開始のジャンプボールは、身長差を活かした社小学校の四番が、本来はジャンプで取り合うボールをトスするように味方にボールを出して、パスを繋いで難なくシュートを決めた。あっという間の得点であった。

なぎさ小学校のエンドラインの外からケンジがゴール下に立っていたアキラにボールを渡し、ガードのトモタロウにパスされた。トモタロウがドリブルで前に出ようとしたその時、相手の四番がディフェンスにつき、ボールを奪い去ったかと思うと鮮やかにシュートを決めてきた。どうやら相手の四番はただ背が高いだけではなく技術も確かなようだ。

アキラたちなぎさ小学校は立て続けに相手に得点されてしまい、動揺が隠せないうちに次の攻撃へと移った。アキラがボールを再びトモタロウにパス。しかし、先ほどと同様に相手四番がディフェンスに寄ってきたため、苦し紛れに出した味方へのパスを他の選手にカットされた。そこから四番に渡ったボールは、きれいな放物線を描いてリングに吸い込まれた。

「タイム！」

アキラたち選手が自陣から一歩も踏み出せないでいるのを見かねたコーチがタイムをかけた。子どもたちはしきりに汗を拭ったり、目を瞬かせている。相手の流れるような攻撃に我を失っているような状態だ。コーチはそんな選手たちに活を入れた。

「四番一人にやられてるやないか！　何をやってるんや。今まで何を練習してきたんや！

アキラからトモタロウにボールを入れたら、アキラの仕事は終わったんちゃうで。パスをもらいにいく、ディフェンスを引きつける、他の者に指示を出す。おまえはキャプテンやろ！　もっと周りも見ろ！　マサキ、トモ、おまえらもなんでボールをもらいにいけへんのや。パスをもらってシュートするだけか？　しっかりせい！　アキラとマサキ二人で相手コートまでボールを運び、ガードのトモタロウに渡して試合を作っていく、わかったか！」

「……はい」

「声が小さい！」

「はいっ！」

　コーチの活に子どもたちは目が覚めたようにコートへと戻っていった。応援している親たちも気が気ではない。一試合目があまりにもスムーズに勝ちすぎたために、正反対の展開を余儀なくされているこの試合の状況が、より一層もたついて見えてしまう。

「アキラ！　がんばれ！」

　妻が両手を口元に持っていき大きな声を出して声援を送った。

　アキラからマサキ、マサキからアキラへと渡ったボールがセンターラインを越えてトモタロウに渡った。トモタロウを頂点にゴールに向かってアキラとマサキ、更にその後ろにトモとケンジの五人がきれいな五角形の陣形でゴールに攻め込んでいく。トモタロウから、いったん斜め前のマサキへとボールが渡る。マサキは得意のフェイントで相手ディフェンスを抜き去ったが、すぐさま四番が立ちはだかった。負けん気の強いマサキは、そのままシュートを打とうと正面から四番に重なっていく。二人ともコートに倒れ込み審判の笛が鳴った。オフェンスのマサキがファウルを取られてしまった。

「マサキ！　おまえ一人でやってるんやないぞ！」

ベンチ前で仁王立ちのコーチが大声で怒鳴る。

しかし、状況は依然として苦しいままだった。サイドから入れられたボールを四番がドリブルでシュートにいこうとした時、マサキがボールカットしようと手を出して四番の腕を叩いてしまい、またもファウルを取られた。その直後のプレーでもサイドから四番にボールが渡る。ディフェンスのマサキを巧みなフェイントでかわした四番がドリブルシュートを試みた時、ボールを奪おうと近寄ったアキラがファウルを取られた。すでにシュートの体勢に入っていた四番にフリースロー二本が与えられた。一本目は外れたが、二本目が入って得点が追加された。

応援席から見ていても、全く歯が立たない状態であった。おそらく子どもたちの中にも、こんなはずではないという焦りもあったのだろう。気持ちが急ぐほどに、手元が疎かになり集中力も途切れてしまう。負けるときの悪いパターンにアキラたち全員が陥っていた。

攻めても守っても、相手の四番はリバウンドを器用に処理する。時にはケンジがボールを取る場面もあったが、やはり身長差がそのままリバウンドを取れる本数として如実に表れていた。試合が進んで相手チームを見ると、四番の選手以外はそううまいとは言えなかった。ただ、四番以外の選手がシュートを外してもリバウンドボールを四番が奪い、すかさずシュートを決めていくのだ。もはや、なぎさ小学校のメンバーには、相手の四番を止める手立てが見つからなかった。焦りは更なる悪循環を招いてしまう。

マサキ、アキラ、ケンジは四番のシュートを止めようとしてはファウルを重ねていた。一クォーターが終わった段階で、なんとポイントゲッターのマサキがファウルで退場、アキラとケンジもそれぞれ三つのファウルを取られていた。しかも得点は十八対五と負けている。

第二クォーターも予想通り四番が出てきた。おそらく一、二、四クォーターと出場するものと思われる。試合開始のジャンプボールはアキラが四番に対峙したが、大人と子どもほどの身長差は見ていて痛々しいほどだった。ジャンプボールは簡単に相手に渡って、パスを繋がれて最後は四番が受け取ってシュート体勢に入る。そこにアキラが無理やり止めようと突進して体がぶつかり、ファウルを取られた。

「アキラ、手を出すな！」

コーチから指示が飛ぶ。

それでも第二クォーターでは選手たちに少し落ち着きが出たようだ。チームの得点源であるマサキがいないにもかかわらず、なぎさ小学校のメンバーは、相手のエースを避けながらトモタロウがうまくボールを回し、なんとか得点を重ねていった。しかし、第二クォーター終了間際の残り一分を切った段階で、シュートしようとした相手の四番に対して、必死で止めにいったアキラがファウルを取られてしまった。これでアキラは五ファウルとなり退場を宣告されてしまう。

「うわーあ、やってもうた」

私は思わず応援席で呟かずにはいられなかった。アキラは茫然とした表情でコートを後にした。相手の四番にはまたもフリースローが与えられた。第二クォーターが終わった時点で、得点は二十八対十八と十点差。マサキがいない中ではがんばったと言えるが、問題はこの先である。後半戦をマサキとアキラというチームの二枚看板が不在のまま戦わねばならなくなってしまったのである。チーム一背が高いケンジもすでに三つのファウルを犯している。もう後がなかった。

ハーフタイムになってコーチの怒号が応援席まで聞こえてきた。

「アキラ、マサキ、二人でみんなに謝れ！　キャプテンと副キャプテンが自分勝手なプレーをして試合を壊した。バスケットはチームで戦うもんや。相手にムカついたり、意地になって一人で戦って自滅してどうするんや！　そんなことで試合に勝てると思ってるんか。後に残ったメンバーはこれからも試合を続けなあかんのやぞ。どうやって戦っていくんや。お前ら二人はベンチにいて、試合してるメンバーと一緒に戦うにはどうしたらええのか試合中に答えを出せ！」

うなだれたままのアキラとマサキ。初めての公式戦の二試合目にまさかの試練が二人を待っていた。

私は試合よりベンチにいるアキラが気になった。

（試合後、アキラはどんな答えを出すんだろう）

第三クォーターは相手の四番が不在であった。相手もこちらも割れのメンバー同士の戦いとなり、なぎさ小学校は互角以上の戦いを見せる。第三クォーターが終わった段階で、得点は三十八対二十七と十一点差とあまり点差は広がらなかった。

しかし、第四クォーターでは一休みしてリフレッシュした相手の四番が格の違いを見せつけた。対するなぎさ小学校はディフェンスのアキラと、オフェンスのマサキというツートップ不在である。相手の四番は軽々とディフェンスをかいくぐり、面白いようにシュートを連発。終わってみれば、五十六対三十一という大差でなぎさ小学校は苦杯を嘗めさせられたのである。

試合後、円陣を組んだ輪の中心にいたコーチは、試合中とは打って変わった落ち着いた口調で、悔しそうな表情を浮かべている選手たちに語りかけた。

「初めての公式試合はどうやった？　練習通りできたところ、ぜんぜんできなかったところ、いろいろあったと思う。アキラ、どうやった？」

「やっぱりもっと練習せなあかんと思いました」

厳しい表情でそう答えるアキラの隣で、勝ち気なマサキが悔し涙を浮かべている。

「そうやな。キャプテンと副キャプテンが試合の早い段階から退場するチームが勝てるはずがない。二人とも今日のことは絶対忘れるな。優勝戦を見てから帰るからユニフォームを着替えてきなさい」

「はい！」

子どもたちは足早に体育館を出ていった。最後にアキラがマサキの肩に手を置きながら視線を投げかけて、何か言葉をかけながら歩いていくのが見えた。最後は大差の得点差だったが全く歯が立たない相手ではなかった。アキラはファウル退場で最後まで試合に出ることができずに、さぞ、悔しかっただろう。キャプテンとしてチームメイトを慰めようとしているその姿に親としては胸が熱くなる。

コーチが私たちのところにやってきた。試合中の激しい表情、そして子どもたちに話しかけていた真剣な表情とも違う、どちらかというと飄々とした表情をたたえている。

「今日はありがとうございました。初めての試合でしたが子どもたちはよくやったと思います。家に帰ったら、おいしいご飯をいっぱい食べさせてあげてください。対戦相手の社小学校は兵庫県の代表になるくらいの強豪チームです。そんなチームとこの時期にここまで戦えたらまずまずだと思います」

コーチは現状の戦力をそう冷静に分析して、保護者に説明してくれた。その後、ゴールデンウィーク中の練習についての説明があった。

「連休中は土日の練習と同じようなことをしようと思っています。ご協力よろしくお願いします」

ところが、背後にいた保護者から、

「すみません！　ゴールデンウィークは子どもと一緒に祖父母の家に帰省してるんですけど」

と、戸惑うような声が聞こえてきた。その声を聞いたコーチは、

「家族の行事を優先させていただいて大丈夫です」

と、笑顔で答えていた。

この後、試合の審判をしなければいけないというコーチは、

「決勝戦を観戦した後は子どもたちを分乗させて先に帰阪してください。よろしくお願いします」

と、深々と頭を下げてまた体育館のコートへと降りていった。

決勝戦でも社小学校の四番が目覚ましい活躍を見せて、六十二対二十四という大差で優勝を飾った。

決勝戦が終わり、私は体育館の外でアキラが出てくるのを待っていた。どんな表情で戻ってくるのだろうか。落ち込んでいるのだろうか。いや、いつも淡々としているアキラのことだ、案外、ケロッとした表情で戻ってくるのではないだろうか。人間は負けたときや失敗したときにこそ、その本性が現れるという。

しかし、思い返してみると不甲斐ない試合であった。相手の四番は確かにすごい選手であったが、総合力でいえば決してなぎさ小学校が劣っているとは思えない。四番さえうまく封じ込めていれば勝てるチャンスは十二分にあったのだ。

チームの課題が一つ見つかった。

「お父さん、何考えてんの?」

妻が私に向かって心配そうに声をかける。

「アキラがどんな顔して出てくるんやろうと考えてたんや」
「いつも通りニコニコして、あかんかったわ、て言ってくるよ」
「そうやな、凹んでへんかったらええけどなあ」
「私にはわかるよ。あの子はお父さんが思ってるより繊細な子なんや。繊細やから顔に出さへんの。それは相手を気遣ってのことやで」

妻の冷静で優しい声にハッとした。仕事一筋にやってきた私と違って子育てを一手に引き受けてきた妻の言葉だけに重みがある。アキラがバスケをするようになってから、私とアキラの時間がぐっと増えたとはいえ、妻とアキラが積み重ねてきた時間に比べればその差は歴然である。

その時、なぎさ小学校の子どもたちが身支度を整えて体育館から出てきた。応援に駆けつけた親がいる子は、自分の親のもとへと駆け寄っていく。私はアキラの姿を探した。一番後からゆっくりと何かに焦点を合わすでなく、前を見据えて歩いてきた。ただまっすぐに前を見て歩いてくる姿に、ふと胸が詰まった。アキラの顔からは、あのいつも風呂場で私に見せるあどけない表情が一切消え去っていたのだ。眉のあたりに漂う決然とした緊張感、口元が少しゆがんでいるのは悔しさを噛み殺しているからであろうか。

その顔を見た時、私は思った。

（今日の試合で、今日の負けで、おまえは何を学んだんだろう）

アキラが静かに私たちのところに近寄ってきた。妻の予想に反して、不甲斐ない自分を責めるかのような悔しさを目にいっぱい溜めながら言った。

「あかんかった」

私は溢れる思いを抑え切れなかった。気がつくと腕を大きく広げ、アキラをそっと抱きしめていた。

アキラは声を押し殺しながら私の腕の中で涙を流した。

どんな言葉をかけたらいいのだろう。慰めの言葉、励ましの言葉、何も浮かばない。黙って両手でただ抱えているだけだった。

隣に立っている妻も目を潤ませて、私とアキラを見つめていた。

その日の夜もいつものようにアキラと二人で風呂に入った。

「しんどい試合やったな」

「お父さん、ぼく退場になったやろ。どうしたらええか、わかれへんかった。あの社小の四番、めちゃくちゃ上手やったし体も大きかった。あんなに止められへんかったん初めてやわ」

アキラが試合のことを思い返し、真剣な眼差しでそう言った。

「お父さんは観客席から見てたけど、アキラもマサキもとにかく四番を止めなあかんと思って、無理なとこからでもディフェンスしようとしてたな。無理やり手を伸ばしてファウル取られてた。冷静さを失ってるように見えた。止めるんやったら真正面から止めんとファウルを取られる。ボール持って走り込んでくる人の前に立つことは勇気がいることや。ディフェンスには勇気が必要なんや」

「勇気か」

「それと、アキラはキャプテンやから人より上手にならなあかんて思ってるけど、まずはチームのことを一番に考えなあかん。上手な選手にならなあかんけど、勝つことが目標やったらカッコいいプレーはいらん。チームのことを考えたら一試合で五つもファウル取られたりせえへんはずや」

　アキラは何も言わずに頷いた。

「コーチが言わはったこと理解できたんか？」

「退場になった後に、みんなと一緒に戦うことを考えろって言うてはったこと？」

「そうや、考えてみたか？」

「退場になったらおしまいやん。一緒に戦うことなんてできへん」

　自信なさそうに、アキラは上目遣いで私を見上げる。

「ベンチにいる時に、キャプテンとしてできることはほんまにないか？」

アキラがハッとしたように私を見た。

「声を出して応援する」

「その通りや。他にもあるで。タイムアウトで帰ってきた選手に水を出したり、タオルを渡したり、いくらでも一緒に戦える方法はある。相手チームと戦うというのは、試合をしている選手だけやなくてベンチのみんなも一緒に戦ってるんやで」

「そうか、いつも控えの四年生の子がやってくれてることや。なんで気がつけへんかったんやろ」

アキラがその点に気づいてくれたことだけでも、今日の試合に負けたが成果があったというものだ。私は更にアキラに考えさせることにした。

「ほな、社小学校にあってなぎさ小学校に足りへんもんはなんやろ？」

アキラは真剣に考えはじめた。

「背の高い選手や、やっぱり背の高い選手がいると強いやん」

「お父さんも同じ考えや」

「あんな、同じクラスに前から声かけてる背の高い子がいるねん。もう一回誘ってみるわ」

「それもキャプテンの仕事やな」

「うん！」

アキラは微笑みながらまっすぐ私の目を見つめ返した。

「今、話してたことを忘れんうちにバスケノートに書いとくわ」

「そうやな、がんばりやー」

盛大に水しぶきを上げながら湯船から飛び出していったアキラの背中をじっと見ていた。

今まで何度「がんばりや」と声をかけてきたことだろう。「勉強がんばりや」「運動会がんばりや」「宿題がんばりや」……がんばりやばっかり！

親は、いつまで子どもに「がんばりや」と励まし続けるのだろうか。

# 秘密兵器

なぎさ小学校のミニバスチームにとって、背の高い選手の補充が急務となった。というのも、チーム一身長が高いケンジが剣道に専念することになりチームを去ってしまったのである。コーチも背の高い生徒に声をかけて集めたいとチームの子どもたちに話しているようだ。それを受けて、キャプテンのアキラは学校で背の高い生徒三人ほどに声をかけているらしい。風呂場では時々私にスカウト活動について報告してくれる。

ところで、その件に関してアキラには意外な助っ人がいたのだった。

夕食後子どもたちが自室に引き取り、コーヒーを夫婦で飲んでいると妻が、

「ショウタくんのお母さんに電話してみてん」

と、言い出した。

「ショウタくんって誰？」

「アキラがバスケに誘ってる子」

「えっ？　そのお母さんに電話したん？」

妻はあっけらかんと頷いた。

「そう、電話してお子さんにぜひバスケやらせてくださいってお願いしてん」

「ショウタくんのお母さんと知り合いなん？」

「ううん、懇談会なんかで挨拶するぐらいかな」

驚いた。どちらかというと知らない人と話すのが苦手なはずの妻が、アキラのために親しくない人に電話をかけていたなんて。妻も全国大会出場というアキラの夢を後押しするためにがんばっているんだと思うと胸が熱くなった。ちょうどその時、リビングの電話が鳴った。

「はい、山本でございます。はい、あら、トモタロウくんのお母さん。えっ！　ショウタくんが入ってくれるって！　ほんまあ、よかった」

電話を切った妻は満面の笑顔だった。コーヒーカップを口元に運び、幸せそうな笑みを浮かべて一口コーヒーを飲み込んだ。

「ショウタくんが入ってくれるって。身長は百五十五センチぐらいやけど、ちょっと横に太いみたい。せやけど、よかった。アキラも喜ぶわあ」

妻は頰を紅潮させ目を輝かせている。彼女の幸せそうな笑顔を見ていると、私まで嬉しくなってくる。なんだかいい風向きに変わりそうである。

「このタイミングで入部してくれるなんて、ショウタくんはなぎさ小学校の秘密兵器やね」

「ほんまやな、あと一人か二人でもそんな子が入ってくれたらええねんけどな」

久しぶりに夫婦の会話も明るく弾む。子どものことを考えると、夫婦は同じ方向を向くことができる。夫婦だから子どものために力を合わせられる。夫婦こそが子どもの一番の応援団だ。その時ふいに、何か胃のあたりにチクっと微かに違和感を覚え、私はそこを摩った。

「どうしたん？」

「うん、なんか胃がちょっとな、コーヒー飲み過ぎかもしれへんから、少しカフェイン控えよかな」

「気をつけてよ」

「それよりアキラに報告してやったら？　ショウタくんの件」

「せやな、言うてくるわ」

妻は気にならないほどの足音を立て、子ども部屋へ入っていった。

次の土曜日見学に行くと、見慣れない子どもが練習に参加していた。背が高めの子どもはシュートの練習をしていた。私はコーチにたずねた。

「あの子は？」

「体験に来てくれたリュウタくんです。身長は百六十五センチくらいなんですが手足がとても長いんですよ。手を上げたら百七十センチの身長の子と同じくらいになるかもしれません。入ってくれたらええんですけど」

「つい三日前にショウタが入部したばかりで、続けて、リュウタくんにも入ってもらいたいですね。保護者の方には私からも声をかけてみます」

「ぜひお願いします。リュウタくんは小さい頃から空手を習っていたそうで、体の線は細いですが、なかなか気は強そうです」

　コーチはそう言い残すと、子どもたちにストレッチの指示を出した。練習メニューが進んで個人のシュートの練習になった。コーチは体験のリュウタくんと三日前に入ったばかりのショウタの二人につきっきりで指導を行っている。リュウタくんがフリースローシュートを決めて笑顔になった。そう、バスケをやりはじめて最初に面白いと思えるのは、気持ちいいシュートが打てて直接リングを通り抜けたボールが、ネットに接触し、バサッと音を立てた時である。アキラがすかさず、

「ナイスシュート！」

と、声をかけた。

翌日、リュウタくんがチームに加わることが正式に決まった。ちょっと横幅のあるショウタとひょろっと手足の長いリュウタ、二人が入ってきたので全国大会への出場がグッと近づくと私はそう確信した。

いっぽう、我が家では全国中学生陸上競技大会出場を目指している娘のマイの大阪府予選大会が近づいてきた。去年は陸上の三種競技Aで、あと一歩で全国大会への出場を逃した。今年は走り高跳びの記録が伸び悩み、種目を三種競技Bに変更して練習をしていた。しかし、三種競技Bの走り幅跳びの記録が思いのほかよくなり、この走り幅跳びで挑戦するようになった。全中前の大阪府大会や記録会で一位にならずとも規定の記録を超えれば、全国中学生陸上競技大会出場が決まる。すでに府大会や記録会がほぼ終了し、次の大会が全国大会へのラストチャンスとなっていた。

朝ご飯の時に私はマイに話しかけた。

「マイ、日曜日が最後のチャンスやなあ。行けそうか?」

「お父さん！　試合前にプレッシャーかけんといてや！　でもな、課題は標準記録やと思ってる。五メートル三十センチ以上飛ばんとあかんねん。練習では調子のええ時は飛べるけど、本番はどうしても体に力が入るから難しいねん」

「ほな、お父さんとお母さんが応援に行こうか？」

「あかん、あかん。絶対に来たらあかん。ホンマに来たらあかんで！　緊張してしまうやんか」

マイはミニバスの頃から私たちが応援に行くのを拒んでいた。自分の一生懸命な姿を見られたくないと言っている。見られていると思うと緊張してしまうらしい。すると私たちの会話にアキラが口を挟んだ。

「お姉ちゃん、全国大会行けるん？」

マイは顔を少し傾けながらアキラを諭すように言った。

「行けるんじゃなくて、行くの！　行けると行くのでは大違いや」

「ふーん、そんなもんなん？」

「マイは一足先に全国に行くから、アキラもがんばりや」

二人は競うようにおにぎりを食べはじめた。そんな二人の様子を見た妻が私に向かって微笑んだ。


次の土曜日にアキラたちは女子チームと練習試合をした。アキラと同学年の女子チームは去年から十人の選手が持ち上がり、男子チームより一歩も二歩も全国大会に近いチームであった。女子は背の高い選手が揃っていて百六十五センチ台の選手が二人もいる。その差が試合結果にも出た。男子三十六対女子四十二と女子が男子チームを圧倒した。

しかし、男子チームには収穫があった。それは、新しくチームに加わったリュウタが長身を活かして二ゴールを決め、ショウタもフリースローで一点を入れることができたのだ。

その日の夕食の時、アキラは嬉しそうに私に話しかけてきた。

「お父さん見てた？　リュウタもショウタも得点入れたやろ。もっともっと練習したら二人ともうまくなると思う。せやから、月曜日から休憩時間や昼休みもみんなで練習することになってん。もちろん二人も一緒やで」

「それはすごいな。がんばりやー」と、私が言うと、アキラが、

「明日はお姉ちゃんも大会やな」

「マイもがんばりやー」

「なんか、お父さんの『がんばりやー』を聞くと安心するわ。明日は全国決めてくるからな！」

マイは力強くそう宣言した。

翌日、宣言通りマイは最後の大会で全国大会出場を決めてきた。

「マイ、走り幅跳びの記録はなんぼやったん？」

「五メートル三十センチや」

「ええっ、ピッタリやん！」

「うん。でもな、一緒に全国行こなって言うてた友だちは、五メートル二十九センチで一センチだけ足らんかってん」

「そんな、一センチ足れへんだけで、全国に行かれへんのか。踏み切り板の手前五センチから飛んだら五メートル三十四センチやで」

「それはしゃあないねん。でも、ほんま一緒に行きたかったなあ。せやからその子の分までがんばるわ」


数日後、アキラと一緒に風呂に入っていた時のことだ。

「お父さん、お姉ちゃんはすごいな。ほんまに全国行くんやな」

「今度はアキラの番やな」

「うん、今日も昼休みはみんなで特訓してん。シュートの練習をリュウタとショウタもがんばってるで」

「二人は始めたばっかりやのに、毎日特訓してて嫌がれへんか？」

「ううん、楽しそうにしてるで。リングから離れた場所からでもシュートが入るようになってきたし、少しずつうまくなってきてんのがわかるから楽しそうやで」

「アキラも負けてられへんな」

「せやからみんなとは別に休み時間にフリースローの練習してる」

「そうか。アキラには努力するという才能があるんやな」

「才能?」

「そうや。成功する人はいろんな才能を持ってるんや。バスケでもみんなそれぞれ違うやろ。マサキは抜群にセンスがいい、トモはシューターの力がある、双子は足が速い。アキラの才能は練習を一生懸命続けられることや。でけへんことができるようになるには練習しかない。その練習を続けてがんばれるのはすばらしい才能なんや」

「もっとうまくなりたいから練習するわ」

「継続は力なり!や」

「その言葉、アキラの言葉にする」

私は手を重ねて作った水鉄砲でアキラの顔に水を浴びせた。アキラも同じように手を重ねた水鉄砲で応戦し、水のかけ合いとなった。


数日後の夜に子どもたちが自室に入った後、いつものように妻がコーヒーを淹れようとしてふと手を止めた。

「そういえば、あれから胃は大丈夫なん？」

「ああ、もうぜんぜん大丈夫やで」

「そう、よかった。ほんならコーヒー淹れるね」

「ありがとう」

　妻はコーヒーカップを温めながらふと不安げに私を見た。

「アキラは自分の部屋で寝るようになったし、マイも休みの日はほとんど家族じゃなくて友だちと過ごすようになった。子どもたちがどんどん手を離れていくな」

「まあ、子どもたちが自立していくのはええことやん」

「そうなん、ええことなん。マイが結婚して家を出て、アキラもおれへんようになったら、やっぱり、ちょっと寂しいな」

　そうか、妻はそんなことを考えていたのか。

「僕なあ、こんなん考えたことがあってん。マイが結婚して子育てが終わり、その子どもたちもそれぞれ独立して、夫も死んでしまって全くの一人になったとき、僕がマイの話し相手になってやれたらいいのになあと思っててん！　せやけど、この夢だけは絶対無理な相談なんや」

「ええっ！　私はどうなんの？」

「それは僕がいるやん。一日でも一時間でも自分より長生きして寂しい思いはさせへんつもりや」

妻がちょっぴり恨めしそうに私を見ながら、コトンと音をさせてテーブルにコーヒーカップを置いた。このとき、私はボタンを掛け直して、妻への気持ちをちゃんと伝えておかなければいけないと思った。

「あんなあ、この先もずっと一緒やで。自分を一人にはさせへんで」

妻が照れたように笑う。

「はい、これからもよろしくお願いします」

妻は、小さく頭を傾けコーヒーカップを口にした。なんだかすっきりとしたいい笑顔だった。

## 毎日、毎日あらゆることが

夏休みに入った。
アキラの机の前には「全国大会出場！」と書かれたカレンダーと、もう一つ飾られている。

勝つ呪文
「勝利の十カ条」
一、ゴールと戦え！
二、シュートは入る！
三、ヒョウのように走れ！
四、うるさく守れ！
五、攻撃の連続性を狙え！

六、ニュートラルボールを奪え！
七、ち密なプレー！
八、集中、集中、集中！
九、闘争心を燃やせ！
十、自分を信じろ、仲間を信じろ！

私が新聞から切り抜いた記事を拡大コピーしたものだ。アトランタオリンピックのバスケットボール女子日本代表の強化合宿時に、メンタルトレーニングとして使われたものである。アキラは一日一回この呪文を唱えてから就寝していた。

アキラたちなぎさ小学校のミニバスチームは蒸せるような暑さの中、毎日のように小学校の体育館で練習をしていた。男子のコーチ、女子のコーチはそれぞれのチームの一人ひとりに時間をかけて、基本の動きを手取り足取り徹底的に教えていた。子どもたちは暑さに負けることなく練習をがんばっている。ただ、ここ数年続いている夏の異常な高気温は今年とて例外ではなく、蒸し暑い体育館で汗をかかずに顔だけ真っ赤にして熱中症状態になる子どももいた。私たち保護者もいつも以上に子どもたちの様子に気を配っていた。

八月に入ると奈良県で行われる「サマーキャンプ」に急遽参加することになった。このサマーキャンプは、奈良県のミニバス協会が全国から選りすぐりのチームを招き、トーナメント制の試合を行うものだ。アキラが目指しているミニバスの全国大会では、ベスト四までしか順位を決めないことになっているが、この奈良県の大会では優勝戦まで行われる。そのため、この大会はミニバス日本一を決める事実上の全国大会とも呼ばれていた。

なぎさ小学校のチームは急遽参加できなくなったチームの代わりに、突然参加することになったのである。大阪からはなぎさ小学校と強豪の今津小学校の二チームが出場する。

コーチの胸の中には、新しくチームに加わった二人の秘密兵器のことを地元大阪のチームに知られたくない、まだ隠しておきたいという気持ちもあったようだ。しかし、それよりも実戦を経験させて、試合勘を養わせたほうがいいとの判断で参加することとなった。

「リュウタが入ってどこまで戦えるかが楽しみな試合やぞって、コーチが言うてた」

と、アキラが私に報告する。

「コーチにはなんか作戦あるんかな？　リュウタも入ってまだ三カ月ぐらいやし。アキラたちみたいにはとても動かれへんやろ」

「リュウタはリバウンドを取ってシュートに専念するんや。後はゴール下までくるオフェンスの前でジャマするだけや」

奈良県にはいつも通り子どもたちを車に分乗させて会場へ送った。

秘密兵器のリュウタは相手チームの上背のあるオフェンスに対して、長い手を伸ばし、シュートを阻み、リバウンドも何本か取っていた。全国大会出場に向けてチームの展望が開けてきたように思えた。

この大会の男子優勝は与野西北(埼玉県)、準優勝は安土(滋賀県)、女子優勝は香月(福岡県)、準優勝は北部(大分県)であった。

夏休みが終わって九月に入ると、すぐに全国大会大阪府予選のシード校を決める「ブロック大会」が開催される。保護者たちの間でも、全国大会出場という夢物語が現実となりそうだと期待が高まりつつあった。

ところが、思わぬ出来事が起こった。トモが休み時間にサッカーをしていて足首を捻挫して二～三週間の安静が必要だという。チームに暗雲が漂った。

しかも、ブロック大会では波乱があった。優勝候補の筆頭といわれる今津小学校が早い段階で負けてしまったのだ。これにより今津小学校はシード権を得ることができなくなった。つまり、なぎさ小学校は十二月に行われる大阪府大会の一回戦で優勝候補の今津小学校と当たる可能性が出てきてしまったのだ。

私は風呂でアキラを元気づけようと明るい口調で話をした。

「トモがおれへんかったら、やっぱりディフェンス厳しいかあ？　トモは身長高いほうやしな」

「そうやなあ、トモに代わる人がおれへんからなあ。お父さん、アキラの身長伸びたと思えへん？」

「ほな、風呂出たら測ってみよか。足はどうや、バッシュは窮屈になってへんか？」

「そうやねん。バッシュ、小さくなってきたから新しいのん欲しいと思うててん」

「よっしゃあ、今週末はおじいさんの見舞いに行った帰りに一緒に買いに行こ」

「ありがとう」

「ところで、今津小学校がシード外れたな。初戦で当たったら嫌やな」

するとアキラが不思議そうな表情になった。

「なんで？　優勝するにはどこかで必ず当たるやん。初戦やろうと、優勝戦やろうと、負けたら全国には行かれへん。どこといつ当たっても全部勝つだけや。全部勝ったらええねん」

息子の言う通りだった。

それから数日後、父を見舞った後にアキラと約束通り新しいバッシュを買いに行き、家に戻ると妻が困惑した表情で私たちを出迎えた。

「どうしたん?」

「今コーチから連絡があって、なぎさ小学校がミニバスで全国大会に出た時のキャプテンが交通事故で亡くなったって。それでアキラにチームを代表してお葬式で献花して欲しいねんて」

「そんな!」

私は言葉を失った。全国大会に出場した選手たちの話はコーチが自慢げによく話していた。キャプテンだった選手は、確か今年大阪大学に入学したという。

「バスケうまかったけど、あいつ頭もよかったんやなあ」

と、コーチがまるで自分の子どもでもあるかのように目を細めていたのが、つい半年前の四月のことだった。大学に入ったばかりの若者の命が一瞬にして奪われてしまうなんて、親御さんの心中を考えると、同じ親としてやりきれない気持ちになった。

翌日、葬儀から帰ってきたアキラは口数が少なかった。風呂で私は久しぶりにアキラの頭を洗うと微かに線香の香りがした。この子は物心ついて以来、葬式という場に出るのは、初めてやったな。人の死というものを初めて身近に感じたのかもしれない。

中学生の頃、自身が「死」というものを考えて思考が行き止まり、脳が破裂しそうな混乱を感じたことを思い出していた。アキラは「死」をどう受け止めているのだろうか。湯船に浸かると私は何も言わずアキラが話しはじめるのを待った。アキラは重い口調で問いかけてきた。

「お父さん、人はなんで死ぬんやろ？」

「それはお父さんにもわかれへん。お父さんも中学生の頃に必死で考えたけどわかれへんかった。今もわからへんのや」

「おじいさんは交通事故で助かった。でも、あの大学生の人は死んでしまった。なんでなん？」

「なんでやろ、大人にもわかれへんことはあるんや……アキラは死ぬのが怖いか？」

「ん〜、わかれへん。でも、お父さんやお母さん、お姉ちゃんが死ぬのは嫌やな」

「そうか、安心してええで。お父さんは絶対死ねへんから。アキラの全国大会での活躍を見るためやったら死んでも生き返ってくるわ」

私が少しふざけた口調でそう言うと、アキラは初めて安心したように小さく笑った。

「約束やで」

「そうやな、約束や」

私はアキラと湯船の中で指切りをした。

ブロック大会が終わってから、なぎさ小学校ミニバスチームの練習はフォーメーションを中心としたものに変わった。歴代継承してきたなぎさ小学校伝統のフォーメーション、コーチ発案の一・三・一ディフェンスである。通常は相手チーム一人の選手に対して自チームの選手一人がディフェンスにつくというのがミニバスの定石である。しかし、なぎさ小学校では一人ひとりのディフェンスゾーンを広く取り、相手一人に対して、必ず二人の選手でディフェンスしにいくという戦法を編み出したのである。他校がディフェンスを点と考えているなら、なぎさ小学校はディフェンスを面で捉えているのだ。

当然、選手の運動量は増えるし視野も広く取る必要がある。しかし、それに対応できるだけの練習を、この半年間子どもたちはこなしてきていた。四月に苦杯を嘗めさせられた兵庫県の社小学校の四番のような絶対的なエースがいるチームではない。しかし、全員がそれなりのレベルで戦えるだけの厳しい練習に耐えてきたのだ。夏休みだって蒸し暑い体育館で毎日四時間の練習をこなした。中には熱中症になりかかった子もいたが、みんなで全国大会出場という目標に向かって一丸となって戦ってきたのである。

十月に入ると、毎週土曜日か日曜日のどちらかに必ず練習試合が入った。当然、親の出番も増える。送迎する車の手配や、弁当、ユニフォームの洗濯など父親も母親も子どもたちのために割く時間は増える。今やどの保護者もそれを負担と感じることはないようだった。むしろ、夢に向かってまっしぐらにがんばっている子どもたちの助けになるなら、親たちも一丸となって子どもたちをサポートしようという空気が生まれていた。

練習試合は基本的に府外のチームとばかり対戦が組まれていたので、遠出することが多くなった。これには理由があり、大阪府大会に向けて同じ府内のチームに手の内を見せないためである。そのため、無敵の四番がいる兵庫県の社小学校や、奈良の「サマーキャンプ」で準優勝した滋賀県の安土、奈良県の強豪、都跡小学校などといった好敵手と練習試合を重ねていた。これは、なぎさ小学校のチームにとって非常にいい経験になったと思う。少し格上の相手と戦うことで確実に地力がついてくるからだ。こうした機会を得るために、今まで参加した大会やその他のあらゆる機会を通じて、他校のチームと交流を図ってくれていたコーチの慧眼には感心するばかりであった。

十一月になった。日が落ちるのが早くなり秋が深まったことを感じさせる。

捻挫でチームを離れていたトモが復帰をした。トモがチームに戻ってきたことで、強豪校との練習試合でもいい勝負ができるようになってきた。長年一緒に戦ってきたチームメイトの復帰にアキラも嬉しそうである。

また、この頃になると去年のチームメンバーである卒業生たちが、練習相手として参加してくれるようになった。彼らは自分たちの中学校の部活の合間を縫って協力してくれているのである。昨年は大阪府ベスト四で涙を呑んだ先輩たちが、全国大会出場という後輩たちの夢を後押しするために胸を貸してくれる、その心意気がありがたい。

中学生との練習試合において新たな発見があった。一・三・一のディフェンスは、小学生相手だとうまく機能することが多いのだが、中学生のようにパスの能力が高い相手には破綻してしまうことがわかったのだ。逆にいえば、中学生のように身長も身体能力も高い相手に対しても通用するくらいまで、このディフェンスを展開するスピードが備われば、高いアドバンテージが得られる。おそらくチャンスともなれば、相手チームから一気に得点を奪うことができるだろう。コーチの指導にもますます熱が入って

## 告知

　そんなある日のこと。少し前に私が会社で受けた定期検診の結果が返ってきたのだが、そこに要検査の項目があった。胃に何か問題があるらしい。

「胃ガンやったりしてな」

　再検査のために予約した病院を訪れる前に私は妻に冗談めかしてそう言った。仕事では神経の休まる間もなく胃の痛い思いはしているが、胃の不快感や空腹時の痛みを感じることはあったが、食事をしたりすると痛みがなくなった。だから、ストレスや不規則な食事が原因で全く重大なこととは捉えていなかったのだ。しかし妻は案に相違して心配そうな顔を見せながら、むしろ自分に言い聞かせるように言った。

「そんなこと言わんといて。でも、ほんまに大丈夫？」

「やめてや。真面目に返さんといて、逆に心配になるやん」

そう、さらに冗談っぽく言ったのだが、妻は真剣な眼差しで見つめ、笑い返してはくれない。

「アキラもまだ小学生やし、マイもまだまだこれからやもん。きっちり調べてもらってきて、私も安心したいわ」

(忘れていた！　妻が繊細な性格だということを)

「うん、しっかり調べてもらってくるわ。それにしてもお腹空いたわ。検査のために朝ご飯抜きやなんて。帰ってきたらおいしいもん食べさせてや」

「はい、わかりました」

ようやく妻が笑顔になった。

病院では採血や内視鏡検査が行われた。胃の組織を採取する生体検査も行われた。

「告知についてはどうお考えですか？　ご本人にお伝えしますか、それともご家族に？」

穏やかな表情で医師がたずねる。私は今朝の妻の様子を思い返して、

「万が一のときは私にだけ知らせてください。決して家族には知らせないでください」

と、強く医師に頼み込んだ。

検査から一週間後、突然に携帯電話が鳴り、病院から検査の結果を聞きに来て欲しいという。その日の夜、会社帰りに病院へ行った。医師は先日と同じ穏やかな表情で私を迎

えてくれた。

(なんや、なんともなかったんや。先生がこんなに落ち着いてるのに深刻な病気なわけがない)

　私は、とにかく早く安心したくて、

「どうでしたか?」

　と、医師にたずねた。医師は顔色を窺うように私を見た。

「胃に悪性の腫瘍があります。それもスキルス性のガンです」

　言葉が出なかった。頭に浮かんできたのは、

(なんで自分が?)

　と、いう疑問だった。

「何かの間違いではないですか?　全く痛みとかないんですけど」

(間違いであってくれ)

　そう願いながら問いかけるが、返ってきた答えは冷酷なものだった。

「診た感じではかなり進行しているので急いで手術の必要があります。がん細胞が胃壁の外側にあって、今までの検査では発見されなかったものと思われます。それが胃壁の内側で小さなデキモノのように確認できるようになっています。これからどうするか、治療の

方針を今からご説明しますね」

医師は淡々とそう説明した。

（ちょっ、ちょっと待って、ちょっと待ってください）

まだ何も受け入れられていないのに、真っ白になった頭の中でそう頼りなく呟く自分がいた。手術の時期や方法、入院の手続きと事務的に話が進んでいく。私は、

「そうですけど。ちょっと、待ってください」

と、呟いていた。医師がいぶかしげにこちらを見る。

「会社の仕事のスケジュールや子どもたちとの約束、何より妻に……」

医師が辛そうな表情を浮かべた。先生はこっちが本当の顔やったんか。今までの優しそうで穏やかな表情は作ったもんやったんやなあ。そうか……。

（ちょっと、大変やんか！　どうしたらええんや）

行き場のない思いが交錯した。ほんの一瞬の静寂が襲ったが、

「先生、手術してください。そして、なんとかしてください」

「精一杯やります。任せてください」

今負けるわけにはいかない、戦おうと思った。家族のために！　〝ガン〟なんかに負けるわけにはいかない、絶対に勝ってやる。

「一人でガンと戦うのは大変なことですよ。せめて奥様にはお知らせしたほうがいいのでは？」

心配そうな医師に私は笑ってみせた。おそらく引きつった顔だったと思う。

「いいえ、いいんです。家族には知らせないでください。妻は、彼女は繊細なところがあるんできっと耐えられないと思います」

それを聞いた医師は、問い直すように言った。

「どなたか、他にご両親とか、相談できる人はいませんか？」

「姉が……姉にならいえるかもしれません」

「辛い治療になりますのでぜひお姉さんを頼ってください」

私は深々と頭を下げた。


その日家に帰ると心配そうに近づいてきた妻に、私は笑ってみせた。帰りの電車の中で、窓に映る自分を見ながら何度も練習した笑顔だ、完璧なはずだ。

「ただの胃潰瘍やったわ。でもな、相当大きいらしいから手術で切除することになった。入院して手術するんやけど、アキラの試合までには退院させてくださいってお願いしてん」

妻は眉根を寄せて泣き笑いのような表情になった。

「そう、よかった、のかな？　痛くはないの？　お父さん、ごめんね。病気になってたこと私ぜんぜん気がつかなくて。そう言うたら、このごろ顔色がちょっと……」

妻が顔を覗き込もうと近づいてきたので私は慌てて後ずさると背中を向けた。

「そんなん、本人が気づいてないくらいやのに気にせんかてええ。それより先に着替えてくるわ」

「お腹空いたって言うてたから、夕飯にお肉用意しといたよ。いっぱい食べてね」

私は、そそくさと寝室に引き取った。もう限界だった！　ベッドに座り込み頭を抱えた。

「おおっ、ええなあ」

激しい怒りが湧いてきた。

（なんで自分やねん。なんでやねん、なんで……）

私は自分の膝をこぶしで殴り続けた。


週末、私は一人で父の入院先へ見舞いに訪れた。私は父を車いすで屋上庭園に連れ出し、ベンチに座ると父にとつとつと話はじめた。検査のこと、病院でガンが見つかったこと、手術をすること、おそらく状態が悪いこと。思いつくままに頭に浮かんだことを取り留めもなく話し続けた。

「お父さん、こんなこと家族には言われへん。アキラは大会を控えてるし、マイも受験生……、奥さんは仕事や家事に忙しい……それにお母さんにも……」

家族のことを思うと言葉に詰まり、溢れる思いは涙となって流れ出した。驚いたことに父が自分の膝の上においてあったタオルを私に差し出した。表情は虚ろだったが、父の目はしっかりと私を見ている。父は私の涙の意味を理解しているのかもしれない。溢れ出てくる思いが叫ばせた……。

「おとーちゃん！」

父の痩せこけた膝にうずくまり顔を下に向けながら泣いた。啜り上げるように泣いた。やせ細った指の大きな手が、私の頭をそっと撫でるようにのせられた。

懐かしい手の感触が小学生時代の記憶を甦らせた。


日曜日の朝。自分の布団から飛び出して両親の寝室に行くと、父と母の間に姉が挟まれて嬉しそうに寝返りを打っている。私はうつ伏せで新聞を読んでいる父の背中に乗って頭越しに新聞を見る。

温かく広い背中の上はこの上なく居心地がいい。

（ずーっとこのままだったら幸せやなー）

と思う。だが、こんな四人の幸福な時間が続かないこと、すぐに終わることも知っていた。

この広い背中が自分にとって狭くなっていくことを……。

子どもの時の父の大きな背中を思い出しながら、節くれ立った大きな手を握った。

（死にたくない。悔しい。お父ちゃん、僕はまだ、死なれへん……）

父と二人で〝話せた〟ように感じた日から、心は少し穏やかになった。

それから、すぐに手術の日がやってきた。検査のために数日前から入院となる。仕事のことも気にかかるが、上司は、

「気にせずしっかり治してこい」

と快く送り出してくれた。子どもたちは、

「お父さん、すぐ帰ってくるんやろ」

「手術したら、すぐ治るやんな」

と、素直に私の言葉を信じてくれている。妻はどうであろうか。胃潰瘍の手術と言ってあり、そのことについて心配はしてくれるが深くは問うてこない。

私は手術前日、姉に病院に寄ってくれるよう電話でお願いをした。

「恵ちゃん、なんか痩せたんちゃう。胃潰瘍って痩せるんやな」

病室に入ってくるなり姉が暢気な声で話し出した。たまたま私の血圧を計り終わり、

退室しようとしていた看護師が驚いたように姉のほうに振り返った。

「何、ええっ？」

姉の表情が凍りつく。私は病棟のロビーへ姉を連れ出した。

「ほんまはなんの病気なん？　さっきの看護師さんの顔、この人何言うてんのみたいな感じで私を見てたけど」

「ごめん、実は胃に悪性の腫瘍があって、スキルス性のガンらしいねん」

「恵ちゃん！　ウソやろ、あかん、あかんて」

私の腕をガシッと掴んだ姉の顔は引きつっている。私は泣き出しそうになるのを堪えて、小さく頷いた。幼い頃、姉と二人きりで両親の帰りを待っていた夜にタイムスリップしたみたいだ。地球上にたった二人きりで取り残されたようでこの上なく心細かった。いや、あの時よりずっと怖い。私にはこの先もずっと守らなければいけない家族がいるのに、ガンやなんて。

「お腹を開いて見んと、はっきりとした進行具合はわかれへんけど、あんまりいい状態じゃないみたいや」

「奥さんは、子どもたちは知ってんの？」

「何も言うてへん。言えへんつもりや」

「なんでやのん？　私やったら教えて欲しい、絶対に！　そうやろ、言葉が届く間に言いたいことあるやん。なんも知らんと逝かせてしまうやなんて。そんなん絶対に耐えられへん」

「なあ、ちょっと待ってや、お姉ちゃん。そんな早よ殺さんといてえな。手術して死ぬか、助かるかもわかれへんのに。僕はなあ、ガンなんかで死ぬつもりはないで」

　姉がほっと腕の力を抜いたのがわかった。

「なんや、そうなん。ごめん、びっくりして気が動転したわ。せやかて、恵ちゃんはいっつも元気やし、アキラたちのバスケも手伝っててんねんやろ？　そんな人がガンやなんて」

「そうやあ。負けるつもりはない、ガンなんかに。僕はまだまだやらなあかんことがいっぱいあるんやから」

「そうやで、その意気や！　恵ちゃんがんばりや、ウチも応援するさかいに」

「家族には心配かけたくないから黙っといてくれへん？　治ったら、その時は自分の口からちゃんと伝えるから」

「わかった」

「でもな、やっぱりお腹切るとなると心細いやん。せやからお姉ちゃんにだけは話しておきたかってん」

「大丈夫や、恵ちゃんは昔から運の強い子やったから」

そうだったのか、自分にはそんな記憶はなかった。しかし、姉は何かにすがるように、

「大丈夫、大丈夫や」

と、言い続けていた。

「何やったかな？」

「お姉ちゃん、お父さんが入院した時のこと憶えてる？」

「ほら、中二の荒れた時の話したやん。ほんで、『「死」や「宇宙」の答え見つかったん？』て、お姉ちゃん聞いてたやろ。あの答え見つけてん」

姉は驚いたように顔を覗き込んだ。

「それは子どもたちや。いつかは死ぬんやけど、死ぬことがわかった父親がどう生きたかを見せることで、子どもたちに少しでも死の空想ゲームに安らぎが与えられたら、僕の死も意味あるものになると思うんや」

姉は少し時間をおいて、言葉を選ぶようにゆっくりと口を開いた。

「私も、今生きていることを考えてんけど、ある日突然、地球上の『ある時間』『ある場所』のパーティーに参加させられて、食べたり踊ったりしていると、主催者が、『あなたの時間は終了しましたので退出です』と、私の意向など無視して終わらせられる。それが人生というものなのかな。不条理やけどしゃあないもんね」

「パーティーか？　うまいこと言うなあ！　僕はなあ、地球上での生活が終わって次はどこへ行くんやろうと思うことにしてん。せやから、いつになるか分かれへんけど、葬式の時には『宇宙戦艦ヤマト』の歌を流して見送ってな」

姉が遮るように呟く。

「まだ手術もしてないのにそんなこと言わんといて」

涙が零れないように顔を上げ、窓に広がる高い空を見た。

次の日、手術が終わって麻酔から目覚めてみると、家族の心配そうな顔が三つ私のベッドを囲んでいた。

「お父さん！　気がついたあ」

「気分はどう？」

マイとアキラが、顔を覗き込んでくる。

「手術時間長かったなあ」

妻がそう言いながら、手を伸ばして顔にかかった私の髪を直してくれた。手術に時間が掛かったということは、ガン細胞を大胆に切除してくれたと考えて間違いない。担当医ができるだけのことはしますと言っていたのは本当だったのだろう。子どもたちを前にし

て私は無理に笑顔を作りながら、

「胃潰瘍を取ってもらったから、これでまたおいしいご飯がいっぱい食べられるわ」

と、弱い声だが話すことができた。

その日の夕方に主治医から伝えられた。

「スキルス性の胃ガンは、リンパ節だけでなくあちこちに広がっていました。胃にあったガン細胞は切除しましたが、あなたの状況はステージ四の末期です。」

「先生、僕はどれくらいもちますか?」

医師は、

「あと三カ月程度かと」

そう言って静かに頭を下げた。手術で胃のガン細胞がきれいに取り除かれたのに、私が開けたパンドラの箱には、希望どころか絶望しか入っていなかった。

私は痛みを抑える緩和ケアを受けることとなった。痛みを抑える薬を飲むことが主な治療となる。幸いにも体力があったことと、放射線治療を受けなかったことから体は動いた。

そして、アキラのバスケの試合に向けて一時退院が許可された。自宅に戻った私は昼間の誰もいない時間帯に、身の回りの不要なものを徐々に処分した。覚悟ができたわけではなく、何かしていないと頭が変になりそうだったのだ。

# 大阪府ミニバスケットボール大会

クリスマスソングが街に溢れ出し、肩を丸めた人たちが忙しそうに行き来をしている。行き交う人には活気があり笑顔で満ちているように見える。クリスマスイブを明日に控えて、いよいよミニバスの大会が始まった。

一回戦の緑地小学校は問題なく勝利したが、二回戦の泉大津ミニバスクラブとは厳しい試合となった。もともとノーマークのチームだったにもかかわらず、こちらが得点すると相手も取り返すといったシーソーゲームの展開となった。そして迎えた第四クォーター、残り十八秒となった時点では二点差で負けていた。一ゴール差だ。私はこの試合を見ていてアキラがキャプテンになった初めての試合を思い出していた。何もできずに敗退した。

(アキラ、あの試合を思い出せ、自分でシュートを打ちにいけ)

「シュートや！」

隣に座っている妻が胸の前で両手を組んでいる。私はその手を取り固く握りしめると驚いたように私の顔を見る。私は妻の顔を見ながら強く頷くと、妻も少し安心したように頷き返したので再びコートに視線を戻した。私は妻を励ますように頷いたが、いつも妻の強い眼差しに勇気づけられ安心させられている。

なぎさ小学校は最後の攻撃をしかけた。アキラからボールを受けたマサキがドリブルで相手のディフェンスを振り切ったが、フリースローラインでディフェンスに阻まれる。残りわずか五秒、飛び込んできたアキラにパスを出すと、相手チームの選手がアキラの正面に立ちはだかった。アキラは左足に重心を移しフェイントで戻り、再び上半身を左に移そうとした時、相手ディフェンスがわずかに右側へ体重移動していたのをアキラは見逃さなかった。大きく左足をディフェンスの左側に踏み出すと自らの左肩を入れてドリブルカットインしていった。ドリブル、右足、左足、ジャンプシュート！　抜かれた相手ディフェンスも遅れまいと並走しつつジャンプして、ボールを振り落とそうとしたその手がアキラの手に触れた。審判のファウルを告げる笛が吹かれたと同時に試合終了を知らせるブザーが鳴った。その時、アキラの右手を離れていたボールはふわっと浮き上がり、リングの中をくぐり抜けていった。シュートは得点が認められ、ファウルによる一回のフリースローが与えられると、「ワァーっ」と会場には歓喜のどよめきと、悲鳴にも似た喚声が交錯した。

土壇場での同点を、アキラが奇跡を起こして私に見せてくれた。私は全身の血が泡立つのを感じていると、隣にいた妻の目には涙が溢れそうだった。しかし、まだ終わりではない。最後の最後に一回のフリースローがアキラにはある。

この時点で試合は終了となったので、コート上の選手は全員がベンチに戻って成り行きを見守っていた。試合をしていたコート上には、フリースローをするアキラとボールを手渡す審判の二人だけである。フリースローが失敗なら延長戦になり、成功すれば一点差でなぎさ小学校の勝利となる。

「アキラーっ、アキラ！」

アキラに必死の声援を送るなぎさ小学校の応援席。緊張を隠し切れない審判がアキラにボールを渡した瞬間、体育館はシーンと静まり返った。誰もが緊張で身動きが取れない状態の中で、アキラだけが淡々といつものようにボールを受け取ると、二回トントンとドリブルをして頭の上にボールを抱え上げる。そして足首を軽く折ると、膝のバネでボールを押し出した。ボールは高くもなく低くもなく、ゆっくりと回転してきれいな放物線を描きながらスーッとリングに吸い込まれていった。

「勝ったあ！」

という妻の声がすぐに歓声で打ち消された。

（アキラ、よくやった）

「あいつ、すごいな」

私は妻の耳元でそう大声を出すと、妻は涙ぐみつつ大声で返してきた。

「うん、よかった！」

ため息にも似た短い言葉はどんなものにも代えがたいものだった。

応援席にいた保護者全員が立ち上がり、フェンス越しにコート上の子どもたちに拍手を送ると、整列して応援席に向かって頭を下げたなぎさ小学校の選手に、保護者の人たちから、

「アキラ！　ありがとう！」

と、声がかかったのである。すごいものを見せてもらった。私はもうこれで悔いはない。心からそう思えた。

そして、アキラたちは次の日に行われた三回戦の豊里小学校、四回戦の香陽小学校、五回戦の守口藤田小学校と問題なく勝ち進みベスト四に残った。

翌日、ついに迎えた最終日。会場もなみはやドームに移して行われる運命の準決勝、決勝である。準決勝の対戦相手は守口ミニバスクラブだった。

準決勝戦は二つのコートで同時に試合が開始された。

試合は泉大津戦の時と同じように追いつ追われつの展開だったが、常に二〜三点のリードを保ちながら試合を進めていたなぎさ小学校には余裕のようなものがあった。そのため、保護者の中には決勝戦の相手が気になるのか、隣のコートで行われているもう一つの準決勝戦の今津小学校対三国小学校戦のほうに注目している人もいた。

なぎさ小学校は二点差、四点差を行ったり来たりで試合はハーフタイムとなった。

ハーフタイムが終わり第三クォーターが始まった時、隣のコートから、

「右足・左足・拍手、右足・左足・拍手、ドン・ドン・パン、ドン・ドン・パン」

と、地鳴りかと思わせる大応援が始まった。

「ウォーッ」「キャー」という驚嘆の声や悲鳴にも似た叫び声。試合が白熱して行われているのが手に取るようにわかる。

そんな中、なぎさ小学校は第四クォーターも終盤になって同点に追いつかれてしまった。次の対戦相手を気にしている場合ではない。この試合に勝たなければと、なぎさ小学校の応援が一気にヒートアップしはじめた。

一進一退の攻防は、予想以上に選手たち全員に負荷がかかっていた。そんな中、マサキがドリブルで相手ディフェンスを抜き去りシュート放った瞬間に、相手ディフェンスと交

錯した。笛が吹かれ、審判の判定はディフェンスのファウルが宣告された。マサキにフリースローが与えられた時、ハーフラインで両膝に手をつき肩で息をしているリュウタがいた。フリースローの時にはフリースローラインに並んで、リバウンドを奪わなければいけないのだ。一点差を争う試合は精神的にも、体力的にも選手たちを追いつめていたのである。

残り七秒からのフリースローでマサキは打ち急ぐかのようなシュートで一本目を外した。しかし、二本目はいつもと変わらないシュート前の動作を繰り返し、シュートを決めた。その瞬間、残り時間は七秒だ。一点差で勝ったと思った。

「これで勝てる！　勝った！」

応援席の誰もがそう思って喜んでいた時、エンドラインから入ったボールが思い切りよくなぎさのゴールに向かって投げられた。ボールはハーフラインを超えて走っていた守口の選手がキャッチした。ドリブルでなぎさ小学校のリングに向かっていく。ハーフラインにいたリュウタが必死で追いかける。残りわずか三秒！

「走れ！　リュウタ！　走れ」

リュウタの父が立ち上がって叫ぶ。私たちも全員で叫んだ。

「走れ！　リュウタ！」

「リュウタ、走れ！」

必死の形相で走るリュウタ。守口の選手がシュートした時、リュウタは飛びながら必死に手を伸ばした。

「届けーっ！」

放たれたボールにリュウタの指が微かに触れた。ボールはリングの端に当たって外側に弾かれた。そのボールが床の上でバウンドした時、試合終了のブザーが鳴り、なぎさ小学校は辛くも勝った。


さあ、いよいよ決勝戦。相手は予想通り、優勝候補の今津小学校が勝ち上がってきていた。

私は妻に話しかけた。

「勝っても負けても、これが最後の試合やな」

妻は軽く首を振った。

「まだや、全国大会の試合がある」

「うん、そうやな」

「お父さんも、病気治して東京に一緒に行くんでしょ？」

「そら、行くに決まってるやん。何があっても行くで」

ギューッと背中に痛みが走り抜けた。転移したガン細胞が一斉に攻撃を仕掛けているように背中あたりにひどい痛みをもたらしている。私は痛みで顔をしかめているのがばれないように、

「なんか緊張すんなあ」

と言いながら妻の視線を外して表情を隠した。

審判がボールを持ってセンターサークルで両軍の選手に声をかけた。

なぎさ小学校と今津小学校、それぞれ五人の選手が整列した。今津小学校の子どもたちは全員気合の入った丸刈りである。それにＮＢＡを彷彿とさせるようなシャカシャカのユニフォームは見るからに強そうだ。しかし、と私は思った。今日のなぎさ小学校には得体の知れない力が加わっている。二回戦での残りわずか三秒からの奇跡の逆転劇や準決勝での一点差を守り切っての試合など、どちらも負けていてもおかしくない試合だった。私は先ほどまで痛かった背中が、今度はゾクゾクするのを感じた。優勝するチームというのは不思議な運を味方につける。いけるのではないかと経験的に思った。そこには何の根拠もなく、そんな予感がした。

決勝戦という緊張感の中で試合が始まってみると、なぎさ小学校の子どもたちはいつも通りに伸び伸びとしたゲーム運びだった。それに対して序盤の今津小学校の子どもた

ちは動きが固い。ただし、優勝候補だけあって各選手へのディフェンスは強くて厳しかった。第一クォーターは簡単になぎさ小学校が先取点を奪い、繰り返し放たれる今津小学校のシュートはリングを外れて得点することができなかった。第一クォーターは、なぎさ小学校が五対一と今津小学校をリードした。

第二クォーターはアキラの動きが冴え渡った。ハーフラインあたりから速いドリブルでフェイントを入れてゴール下へ滑り込む。惜しくもシュートは外れたものの、相手にプレッシャーを与えるには十分だった。上の観客席から見ていてもアキラのキャプテンぶりは頼もしかった。ゲーム全体に目配りができているようで、自分がボールを持った時でも落ち着いていてチームメイトに指示を出しつつ、ドリブルで相手ガードを抜き去りパスを通す。次第に相手に焦りが生まれてきたようだ。いっぽう、優勝候補相手になぎさ小学校の選手たちはじつに伸び伸びとした試合運びだった。第二クォーターが終わり、スコアは十三対九と四点リードは変わらなかった。

ハーフタイムまでの試合中、なぎさ小学校がリードしながら試合をしているのを見ていると、「今、試合が終われば勝てる。しかし、このまま続けばどうなるかわからない。なんらかのアクシデントが起きて試合終了にして欲しい」と試合中、ずっとそう思い続けていた。

ハーフタイムで体を休めている選手に向かって、それぞれのチームのコーチが作戦盤を取り出して一人ひとりに指示を出し説明を繰り返していた。

第三クォーターが始まると、相手の攻めが変わった。オールコートのプレスマンツーマンになり、なぎさ小学校の自陣コートでボールを持つ時間が長くなった。しかし、十七の背番号をつけた双子のヒサが諦めることなく相手のパスをカットしにいき、攻守のリバウンドを全力で拾いにいった。すると試合の流れがまた戻ってきた。第三クォーター後半にはなぎさ小学校の動きがよくなり相手ゴールを攻め続けた。その結果、第三クォーターもなぎさ小学校がリードしたまま終了した。

いよいよ全国大会出場まであと一クォーターを残すのみである。

第四クォーターが始まっても前半はなぎさ小学校が試合を支配し、相手はようやく一ゴールを決めることができたが、返すカウンターですぐさまなぎさ小学校が得点を取り返す。この頃になると、私たち応援の保護者は逆に落ち着きがなくなってきた。「勝ってる」「このまま今すぐにでもゲームが終わって欲しい」そんな気持ちだった。俗にいわれる、攻めるより守りに入るほうが弱気になるというのは本当だった。私は遅々として進まないデジタル時計を見ては、「早く終わってくれ」と、ただそれだけを願っていた。

第四クォーターも残り三分、五点差でなぎさ小学校がリードしている。今津小学校がタイムアウトを取る。

なぎさ小学校の選手全員が疲れているのだろうが、目はイキイキと輝いている。今津小学校のベンチでは先生が作戦盤を取り出して何かを指示している。

タイムアウトが終わり、なぎさ小学校がエンドラインからボールを入れる。今津小学校のオールコートのプレスマンツーマンのディフェンスで試合が始まった。すると、去年から二年間同じメンバーで戦ってきた今津小学校が真価を発揮した。なぎさ小学校がエンドラインから入れたボールを立て続けに二度奪い、シュートを決めて一点差になった。

今度はなぎさ小学校がタイムアウトを取った。コーチから、

「攻撃が終わったらすぐに自陣で一・三・一のディフェンスをして、最後はきっちりと守り切る。わかったか！」

と指示が出た。その時、アキラはその指示に反対した。

「コーチ、ぼくらもオールコートでディフェンスさせてください！」

アキラの突然の申し出に緊張したコーチがメンバーの顔を見渡すと、全員がアキラの意見に頷いていた。

「よーし、わかった。ディフェンスで攻めてこい！」

「はい！」

これらのやりとりは試合後にコーチから聞いた。その際コーチは、

「あの時、アキラはいいキャプテンになったと思いました。あの土壇場でコーチに意見するのはすごく勇気がいることです。それはキャプテンとしての信念があったから言えたんでしょう。ここだけの話ですけど、あの時、コーチの私が一番弱気になってたんですわ」

そう言って苦笑いしたのだった。

その後、終盤にかけて試合はフリースローの応酬となった。なぎさ小学校は絶対止めるとの意気込みで強く止めにいくし、今津小学校はどうしても追いつけないという焦りがファウルへと繋がっていった。フリースローのたびに試合の流れが途切れ、時間が止まったかのような錯覚に陥る。「まだ、試合中か。早く、早く終われ」と思った。

永遠に続くように思われた試合はなぎさ小学校が一点差で攻撃中に突然終わった。試合終了のブザーを聞いた私は、

「ああ、ようやくか」という思いで受け止めた。

前のめりに試合を見ていた妻が放心したように呟いた。

「すごいなあ、アキラ。全国や。全国行った」

「ほんまにやりよったな。すごい、すごい子やで」

子どもたちは輪になって抱き合ったり、肩を叩き合ったりして喜びを爆発させている。

コーチも誰彼かまわず選手を抱きしめたり頭を撫でたりしていた。

（ほんまにやってくれたんやな、おめでとう、アキラ。そして、ありがとう。この試合の間、お父さんは病気の苦しみやこれからの不安を全く忘れることができたよ。そして、全国大会を見に行くという新しい希望が湧いてきたんや、アキラたちのおかげや）

「ほんまに嬉しいわ。自分の子どもが全国大会出場やで、これからも一緒に応援していこうな」

　妻が嬉し涙を流しながら言う。

「うん。二人でがんばろう」

　そう言われたものの、未来が約束されていない自分にはこれからがない。

（ごめんな、ずっと一緒にいるって言ってあげられなくて）

　その代わりに、私は自分が感じたことを妻に伝え、それをいつか妻がアキラに伝えてくれるようにと願った。

「正直、こんなに嬉しいとは思えへんかったわ。子どもと一緒の夢を共有して、そしてそれが実現できたことがこんなに嬉しいことやなんて。子どもの人生に寄り添うことで、自分の人生が二倍にも膨らむってことやわ。僕の人生は、子どもたちから豊かで恵まれた時間をいっぱい授けてもらったな」

妻はこくりと頷き微笑んだ。私は妻の笑顔を脳裏に刻み込み、目の前で繰り広げられた一瞬一瞬や妻や子どもたちと過ごした時間が、こんなにも大切で愛おしいものだったなんて今更ながら気がついた。残り少ない時間が私に教えてくれた。

# 最後のお正月

アキラの試合が終わった我が家では、一日遅れのクリスマスを楽しんだ。私はクリスマスケーキとして四種類のカットケーキを買い求めた。お祝いをかねて豪華なホールケーキを買ってもよかったのだが、もしかしたらこれが最後かもと思うといつもと違うクリスマスにしたいと考えたのだ。自分の好きなものを選ぶ家族の顔も見てみたかった。

予想外の結果だった。てっきりアキラかマイが最初に好きなケーキを選ぶと予想していたのだが、

「お母さんは、これ！」

と、妻が最初にチョコレートケーキを選んで自分の手元に置くと、残り三人のケーキを、

「ちょっと味見させて」

と、言いながら一口ずつ食べていく。

「えーっ、ほんならお母さんのも食べさせてよ」

と、子どもたちの反撃に遭い、結局は妻のケーキは一番最初になくなってしまった。姉弟の屈託のない話し声、出会った頃と変わらない妻の笑顔が賑やかに食卓を囲む。

食べ終わると娘のマイと二人でお皿の片づけをした。私が洗ったお皿やフォークをマイが布巾で拭いていく。

「なんか今日のケーキはお母さんが一番楽しんでたな」

「ほんまや、お母さん子どももみたいやったな。そこは昔から変わることがなくちょっと不思議なとこがあんねんなあ。あの天真爛漫なとこが魅力でもあんねんけど」

するとマイが神妙な顔をして聞いた。

「なあ、お父さんはなんでお母さんと結婚したん？」

「ええーっ、また、えらい難しい質問やな……」

私はちょっと照れながらもいい機会だと思った。以前からマイに話しておきたいことがあったのだ。

「まあ、お父さんの一目惚れやったとでも言うとこかな。よく子どもは親を選べないというけど親もまた子どもを選ばれへんやん。マイもアキラも、お父さんとお母さんが選んだから生まれてきたんやないやろ。せやけどお母さんだけは違う。お母さんはお父さんが選んで、自分がこの人と一緒に過ごしていきたいと思った人やし、お母さんもそう思ってくれた人や」

「ええーっ、私らはいらん子やったん？」

「それは違う。家の中でお父さんとお母さん二人は血が繋がってない。お父さんとマイ、お父さんとアキラは血で繋がってるし、お母さんとマイ、お母さんとアキラもそうや。お父さんとお母さんだけが血で繋がってない、つまり他人なんや。もしもの話、離婚してしまうとその時点でお父さんとお母さんの縁は切れてしまう。せやけど、お父さんもお母さんも、マイやアキラとはずっと繋がっているんや。子どもはお父さんとお母さん二人の間にしか生まれてこない生命や。このかけがえのない子どものためやったらお父さんもお母さんもどんなことでもするで。せやからいらん子やないし、お母さんのことはお父さんが一番大切にせなあかんことやねん」

マイは、何も言わず一つ大きく頷いた。

まだ中学生の娘には難しいことを言っているかもしれない。しかし、今はわからなくても、いつかマイに好きな人ができて、その人と家庭を持ち子どもが生まれた時に、「そう言えばお父さんがこんなこと言ってたなあ」と思い出してくれたらそれでいい。

最近はマイも友だちと遊ぶ機会が増え、こうして父娘でじっくり話す機会がほとんどなくなってきている。だからこそ、今、親として伝えられることはすべて伝えておきたいという気持ちがあった。

そんな私の気持ちを知ってか知らずか、マイは父親の言葉を聞き漏らすことなくきちんと胸に収めてくれたようだった。中学三年生の難しい年頃であるにもかかわらず、父の長話に付き合ってくれる我が娘の素直さがありがたかった。

そういえば最近、妻が妙に明るく振る舞っている気がする。一頃のように難しい顔をして押し黙っていることが少なくなった。マイが全中に出たこと、アキラが来春三月に全国大会に出ることが妻を元気にしたのだろうか。私のガンのことを何も知らなければ、我が家は今や幸せの絶頂期にあるのだ。私の病気さえ知られなければ。それは絶対に隠し通さなければならないと、私はそう決意を新たにするのだった。

その日の夜、ベッドに入ると急に襲ってきた腰のあたりの激痛にさいなまれながら、私は気を紛らわせるために今日の嬉しかったことを思い返してみた。甦ってきたのは、クリスマスケーキを食べている時の家族の笑顔だ。「みんなの笑顔がとてもよかったなあ」妻や子どもたちは今日の楽しかった思い出をずっと憶えていてくれるだろうか。

そう思った時にふと気づいた。結局、私が妻や子どもたちに残してやれるのは思い出だけなのではないだろうか。私には子どもの頃の父との思い出がほとんどない。だからこそ、これまで自分の子どもにはそんな思いをさせまいと、できるだけ一緒の時間を過ごして思い出を作るように心がけてきたのだ。

マイには陸上が、アキラにはバスケがある。もしも、私がいなくなったとしても子どもたちはスポーツに救われるだろう。妻のことは心配だが、少なくとも子どもたちが妻の支えになるに違いない。

残された時間で私にできることは思い出を増やすことだ。その時、ふと脳裏に父のおせち料理が浮かんできた。元料理人だった父が、毎年几帳面にお重に詰めていたおせち。子どもの頃はカレーや焼き肉のほうが好きだったけれど、今の年齢ともなると父のおせちが恋しい。そうか、私は子どもの頃に父に遊んでもらった記憶はないが、父の料理を食べて大きくなった。父の料理が私を育ててくれて、それが思い出として記憶されている。

今度の正月は私がおせちを作ろう。家族のために心を込めて作ってみよう。そう決意すると、不思議なことに腰の痛みが徐々に消えていき、私は眠りにつくことができた。

翌日、妻が会社に出かけると、私はおせちの準備を始めた。アキラは友だちとバスケの練習に行ってしまったし、マイは受験に備えて塾の自習室で勉強をしている。家族に内緒で準備するには好都合だ。

私は一人でおせちの材料の買い出しに出かけた。あれもこれもと買い揃え、レジ袋二つがいっぱいになるほどの買い物となった。家に帰ると雑誌のおせち料理特集を見ながら、さっそく作り始めた。長い時間キッチンに立っているのがしんどいので、イスに座り休憩しながら調理を進める。

「ふうーっ」

こんなに体力が落ちてしまうなんて、これでは年明けのアキラのバスケ練習には付き合われへんな、と私は一人で苦笑した。

その日の夜、妻が帰ってきた時には煮しめが入ったお重が完成していた。妻は目を丸くした。

「うわあ、おいしそうやん。味見してもええ？」

「あかん、あかん、これはおせちやで。おせちは正月に食べるもんや」

「えーっ、おせち作ってくれたん！」

「うん、一回作ってみたかってん」

私ははにかみながら妻に笑顔を返した。

翌日も家族が出かけてしまった後は、キッチンでもくもくとおせち作りに時間を費やした。結婚してからは共働きのため、私もちょくちょくキッチンに立っていたが、本に載っているレシピとにらめっこしながら作るのは初めてである。紅白のカマボコはさすがに市販のものを切って詰めるだけにしたが、伊達巻きは自分で焼いてみた。ただの卵焼きと思っていたがはんぺんを入れるとは知らなかった。何事も自分でやってみないとわからないものである。

こうして十二月三十一日には三段のお重が完成したが、子どもたちには内緒である。

新しい年が明けた。昨夜遅くまでテレビを見ていた子どもたちはまだ起きてこない。私は妻と二人でベランダから初日の出を見た。朝陽は病める人にも健康な人にも平等に光を届けるのだな、とそんなことを思った。

「私の今年の目標はね、もう少しお父さんとの時間を増やすこと」

一瞬、体の中の血液が流れを止めてしまった。そんなことを彼女が口にするのは初めてだったので、もしかすると私の病に気づいているのだろうか。

「お父さんの目標は？」

その時、私はある光景を思い出しながら、話を始めた。

「三カ月ぐらい東京出張したことがあったやん。夕方、出張先の会社の窓から外を眺めてたら、若い女の人が門扉を開けて犬の散歩に行くねん。その家は芝生の広がる庭があって、それを映し出すような大きなテラス戸が入ってるんや。散歩から帰って来てその部屋に明かりが灯ると、なんとも言えない、あったかな幸福感に包まれるんや。そんな家に住んで、朝夕に犬の散歩が日課になるような生活をさせてあげたかったなと思ったわ」

妻は顔を曇らせながら言った。

「ううん、今こうしていられるだけで、私には充分や」

「そうか！」

妻の私に投げかけられた視線を受け止めかねて、そう言って目を逸らした。

「眩しなってきたし、寒いから中に入ろうか」

妻が食卓におせちを並べていると子どもたちが起きてきた。

「えーっ、今年のおせち、いつもとちょっと違わへん？」

「アキラの好きな栗きんとんがぎょうさん入ってる！」

妻がいたずらっぽく笑う。

「今年のおせちは一味違うんよ」

「何が違うん？」

「それは、お父さんが作ってくれたからでーす」

「ええーっ、すっごーい」

「お父さん、えらいがんばったな」

マイもアキラも目を丸くして、はしゃぎすぎるほど驚いているその顔が見られただけでも、作ったかいがあったというものだ。子どもたちにお年玉を渡し、みんなでおせちを食べた。いい正月になった。

「お父さん、もう食べへんの？」

「ええっ、うん。作ってる時にいっぱい味見したからな、好きなもんから早よ食べ」

ガンというのは、病気であるのを忘れる日があったり、容赦なく手加減しないで痛めてくる日があったりして、この時は、本当は一口も食べられないほどに腹水が溜まり、常に膨満感が収まることがなかった。


思えば、私が人間らしく自分の思い通りに動けたのはおせち作りが最後だった。それからガクッと体力が落ちてしまい、ベッドで横になっていることが増えた。ガンの気紛れのまま、調子のいい日は長い時間立ったり歩いたりできたが、すぐに息切れがした。自分でもできないことが増えてきていたし、夜には寝る際も体の痛みに思わず呻くことがあった。家族に余計な心配をさせないためにも病院に帰ろうと思った。

再入院の前の日の夜、妻が食卓に鉄板プレートを出してきた。

「今夜は〝アッチッチ〟にしようと思って」

「ええな。病院では精進料理みたいなもんしか食べられへんからな」

私は今にも吐きそうな胸焼けを堪えながらそう答えた。肉や野菜が食べ切れないほどに準備され、焼きそばやお好み焼きまで用意されている。家族四人揃った食卓で、子どもたちは大喜びで勢いよく肉を食べている。私は野菜を齧ってご飯を少しだけ食べた。食欲がなくても家族がおいしそうに食べている姿を見ていると、気持ちだけでいっぱいになった。

翌日、家を出る時、玄関でふらついた。

「お父さんっ?」

心配そうなマイの顔を見て笑った。アキラがサッと私の鞄を持ってくれた。

「あかん、お父さんも歳かな。足がもつれてつまずいたわ」

「お父さん、ダイエットせなあかんで。お腹出てるから足元見えへんのんとちゃうん」

厳しい一言を呟いた妻に私は感謝した。

(そうや、いつもの通りにしといて。心配そうな顔は見たくない)

ガンはかなり進行し、腹水が溜まって肥満体型のようになり、常に胸が圧迫されて苦しかった。ただ、それで痩せているようには見えず、子どもたちも再検査のために入院することになったという私のウソを信じ切っているようだ。

入院後、私の体力は急激に落ちていった。ガンが体のあちこちに散らばって、一斉に悪さをしているようだった。モルヒネを打ち、ひたすら痛みに耐えるだけの時間が続いた。夜になると死への恐怖で一睡もできないこともあり、睡眠薬を処方してもらう。

さらに一週間後、医師から驚愕の言葉をかけられた。

「ご家族に伝えたいことがあるなら今日にでも伝えておいてください」

「……今日ですか……」

叫んだつもりの言葉はかすれて小さな声しか出なかった。自分でもはっきりと、心臓のポンプが止まろうとしているのがわかった。

何も知らない家族が午後のいつもの時間に見舞いにやってきた。私はいつものようにベッドの上でみんなを迎えた。何か話さないといけないと思うが、言葉が出ない。するとアキラが嬉しそうに報告を始めた。

「お父さん、今日の午前中にオールコートで一対一の練習したらめっちゃ調子よかってん。マサキのガードをフェイントでスーッと三回も抜いたとこ、お父さんに見てもらいたかったわ」

「うあっ、すごい、な」

「それからシュート練習も絶好調で、ロングシュートもめちゃくちゃたくさん決まった。アキラがチームで一番決めたで」

いつもはそんなふうに自分の活躍を自慢する息子ではなかったのに、今日はどうしたことだろうか。

「紅白戦では完璧なディフェンスで、トモタロウのシュートを弾いてドリブルで逆サイドまで持っていって即シュートした」

私は目を閉じて頷いた。その場にいなくても目に浮かぶようだ。自分がゴールを決めたアキラは控えめに小さなガッツポーズをして喜ぶのだ。友だちがゴールを決めると、大きくジャンプし手を叩いて喜ぶ。短髪のスポーツ刈りの額から汗が落ちる。

(目に浮かぶよ、アキラ)

ふと、問いたいことが浮かんでアキラを手招きすると、私の顔に耳を近づけてくれた。

「泉大津の試合で最後のフリースロー、どんな気持ちやった？　きんちょう、した、やろ？」

大阪大会の二回戦、同点で試合終了のブザーが鳴った後のフリースローをアキラが見事に決めて勝利をたぐり寄せた。しかもコートには一人の選手もなく、主審とアキラ二人だけがいる。見ているこちらが震えるほどに緊張した場面だった。アキラは、自分の息子はどんな気持ちであのボールを放ったのか。すると、アキラはいつもと同じように照れながら微笑んで首を振った。

「お父さんが配ってくれたプリント覚えてる？　机の前に貼って毎日読んでてんで。せやから、「シュートは入る！」と思って打ったんや」

　私は震える手をアキラの頭にのせた。

「そうか、お父さんも少しは役に立ったんやな」

　アキラは嬉しげに笑ったかと思うと、次の瞬間、今にも泣き出しそうな顔で言った。

「うん、お父さん、ありがとう」

　マイが睨みつけるようにそのやりとりを見ていた。

（成人したら一緒に居酒屋へ行ったり、仕事の話をしたり、もっともっと一緒に過ごす時間が欲しかったなあ）

　子どもたちの後ろに立っている妻を見ると、目に溢れそうになる涙を抑えながら微笑んで私を見つめていた。私が小さく頭を下げて視線を投げかけると、妻はしっかりと私の目を見据えて頷き返してくれた。

（子どものことは私が守ります。大丈夫、心配しないで）

　いつになく力のこもった目がそう言っているように見えた。

（わかってくれたんやな。子どもたちを頼んだよ）

――ごめんな、約束破って。

涙が一粒、私の頬を伝った。

子どもたちには絶対に嘘をつかないという約束を破った。病気がわかってから嘘ばかりついていた。

妻とずっと一緒にいるという約束もどうやら破ってしまうことになりそうだ。

——ごめん、かんにんやで。

# エピローグ

三月終わりの春休み。東京へ向かうバスの中で私はアキラの隣に座っている。

ねえ、お父さん！　どうして黙って逝ってしまったの？　お義姉さんには本当のことを話していたんでしょう。どうして私には病気のこと言ってくれなかったの？　最後に手渡されたあなたの手紙には、

「どうしても君には病気のことが言えなかった。君が悲しむ顔を見たくなかった」

なんて書いてたけど、あなたが逝ってしまった後でもっと悲しい気持ちになる、残された私のことは考えてくれなかったの？　あなたはいつもそうだった。私がこう思っているだろうと先回りして気を使ってくれていたのは、あなたの優しさから出たものだったとわかっていた。それが結構的外れだったこともあったけど。

言っても仕方のないことね。全部終わったことですもの。それよりもっと大切なこと、それは私とあなたが出会った時のことです。私は地元を離れてこの大阪という賑やかな街に馴染めなくて毎日怯えながら暮らしていた。そんな時、電車の中であなたが私に声をかけてくれた時の安心感は、ひろわれた猫みたいに、ああ、この人と一緒にいれば私は大丈夫ってそう思ったの。それなのに一人で先にこんなにも早くに逝ってしまうなんて。私だってあれが最期だとわかっていたら、あなたに言いたいことがいっぱいあったのよ。

ひとりぼっちだった私に声をかけてくれて、ありがとう。
車輪の下から靴を取り出してくれて、ありがとう。
結婚してくれて、ありがとう。
ご飯をおいしいってたくさん食べてくれて、ありがとう。
マイとアキラのお母さんにしてくれて、ありがとう。
おせち作ってくれて、ありがとう。
他の誰よりも長い時間を一緒に歩んでくれて、ありがとう。
そして何より、出会ってくれて、ありがとう。

バスの車窓を眺めながら、あなたに向かって語りかけていた。

「あほっ」

吐き出すように呟いた。失ったものは、大きい。私には大きすぎる。私はこの欠落を抱えたまま、これから先の人生を生きていくのだ。


私は隣に座っているアキラに話かけた。

「いよいよやな、全国大会。しっかりがんばりや」

「違うでお母さん。ちょっと語尾を伸ばして『がんばりやー』って言うねん。お父さんの、あののんびりしたしゃべり方やったから、ぼくはいつもいい感じに力が抜けてそれでがんばれたんや」

「うん、そうやな。今のしゃべり方よう似てるわ」

子どもたちは、父が亡くなった夜にきちんと大泣きをした。夜は三人で一緒に川の字になって、両手に子どもを抱きしめて布団に入った。ぜんぜん眠れはしなかったけど。

「全国大会、お父さんにも見てもらいたかったな」

「見てるよ、お父さんは大事な試合を見逃したりせえへんよ」

バスはちょうど高速道路を降りて都心へと入ってくると、そびえ立つビルの上には憎たらしいほどの青空が広がっていた。アキラがポツリと呟いた。

「青空や」

お葬式で流された「宇宙戦艦ヤマト」のテーマソングを思い出す。

「雲一つないから宇宙からでも地球の様子がよく見えてるよ。お父さんもきっと見てはるわ」

「うん、そうやな」

そう自分に言い聞かせるように頷いた息子の横顔は、ハッとするほど夫に似ていた。

「アキラはえらいな。全国大会に出るっていうお父さんとの約束をちゃんと果たしたんやから」

「でもな、お父さんは約束を破ったんやで」

「えっ?」

「お風呂の中でな、『お父さんは絶対死なへん』って言うて指切りまでしたんやで」

少しひょうきんな調子でそう言ったアキラの頭を私は思わず撫でた。

「お母さんにも言うてたわ。『ずっと一緒にいる』って。そうやけど、それは約束を破ったわけやないの。だって、お父さんは生きようとしてたもん。最後の最後までがんばって生きようと、約束を果たそうと……」

あかん、涙が出そうになる。私は窓の外に目をやって、どこまでも突き抜けそうなくら

いの青空を睨みつけた。すると、アキラが私に向かって、

「一つだけ残念なことがあるねん。全国大会が終わってから試合のことをお父さんと一緒にお風呂で話したかったな。お父さんの話をもっと聞きたかったけど、もうそんな時間を持つことができへんねんなあ」

私はアキラにニッコリと微笑むことに成功した。


あなた聞こえますか？　すごいでしょ、私。あの日、病院で最後にあなたの声を聞いた日から、涙を押し殺す術を覚えたの。あなたが病床で力なく微笑みながら私を見た時、子どもたちのことを私に託してくれようとしてるんだって悟ったから、子どもの前では絶対に泣かない、私は泣かないって決めたの。

本当は最初の入院の時から気づいていたわ。あなたの症状が胃潰瘍なんかじゃないってことに。気づいてないって思っていたでしょう。何年、夫婦やってきたと思っているの、あなたの異変に気づかないわけがないわ。

今日、アキラが全国の晴れ舞台で戦います。あなた譲りの強さと優しさで、キャプテンとして見事にチームのみんなをまとめあげたわ。どうか、どこかからでも見てあげてね。

アキラの小学生としての最後の試合が終わったら、その時は応援席で私は泣いてしま

うかもしれない。あなた、一人の時は泣いてもいいよね。一人じゃないか、きっと隣の席にはあなたもいてくれるはず。そうよね……。

【参考文献】

『日刊スポーツ』一九九六年六月二十二日「アトランタスペシャル」より

# ミニバス

2021年1月20日　第1刷発行

著　者　山本 惠章（やまもと けいしょう）

装　幀　有道美保
デザイン　古川恭子
イラスト　上野香織

発行者　太田宏司郎
発行所　株式会社パレード
大阪本社　〒530-0043　大阪府大阪市北区天満2-7-12
TEL 06-6351-0740　FAX 06-6356-8129
東京支社　〒151-0051　東京都渋谷区千駄ヶ谷2-10-7
TEL 03-5413-3285　FAX 03-5413-3286
https://books.parade.co.jp

発売元　株式会社星雲社（共同出版社・流通責任出版社）
〒112-0005　東京都文京区水道1-3-30
TEL 03-3868-3275　FAX 03-3868-6588

印刷所　創栄図書印刷株式会社


ISBN 978-4-434-28332-1　C0093